求学年光
盛夏蝉鸣

包诗嘉 著

北方文艺出版社

·哈尔滨·

图书在版编目（CIP）数据

求学年光，盛夏蝉鸣 / 包诗嘉著 . —— 哈尔滨：北
方文艺出版社，2023.5
ISBN 978-7-5317-5909-6

Ⅰ . ①求 … Ⅱ . ①包 … Ⅲ . ①随笔—作品集—中国—
当代 Ⅳ . ① I267.1

中国国家版本馆 CIP 数据核字（2023）第 071952 号

求学年光，盛夏蝉鸣
QIUXUE NIANGUANG SHENGXIA CHANMING

作　　者 / 包诗嘉
责任编辑 / 富翔强　宋雪微　　　　　　　　封面设计 / 马静静

出版发行 / 北方文艺出版社　　　　　　邮　　编 / 150008
发行电话 /（0451）86825533　　　　　经　　销 / 新华书店
地　　址 / 哈尔滨市南岗区宣庆小区 1 号楼　网　　址 / www.bfwy.com

印　　刷 / 北京亚吉飞数码科技有限公司　开　　本 / 710mm×1000mm 1/16
字　　数 / 150 千　　　　　　　　　　印　　张 / 12
版　　次 / 2023 年 6 月第 1 版　　　　　印　　次 / 2023 年 6 月第 1 次印刷

书　　号 / ISBN 978-7-5317-5909-6　　　定　　价 / 58.00 元

前　言

　　窗外的车鸣声已然持续了半个多小时,像不会疲累似的。这是德国年轻人由于所支持的足球队赢得了比赛而创造出的庆贺方式,我第一次站在二楼窗前往下看的时候觉得这些蓝眼睛黄头发的小伙子特别酷,似乎这才是年轻人该有的活力模样。到后来听得多了,车龙的高速引擎声伴着功放的摇滚乐就显得分外扰民。

　　深夜时分,灯下夜祷,这样寂美的时刻本该属于内省、思考和写作。

　　诗嘉,父亲说这个名字他想了三个夜晚。这位当了一辈子语文老师的男人希望自己的儿子诗文俱佳,妙笔生花。父亲还说,我的名字有另一层深意。爷爷是浙江嘉兴人,新中国成立后作为上门女婿跟着奶奶定居在了崇明岛上。我们包家的祖籍在嘉兴,诗嘉谐音"思家"。父亲希望我不忘本,在这风云诡谲的汪洋人海,不做无根浮萍。一个人的名字似乎在冥冥之中会给这副羸弱的身体以暗示,我似乎渐渐长成了父亲期望的模样。深夜时分,闭目凝思,这样寂美的时刻同样适合想家。

　　纷扰的车鸣声渐渐在黑夜里湮没的时候,这座我已然停驻一年之久的德国小城陷入了沉沉的睡眠。我还清醒着,坐在孤灯下握着笔发着呆,思绪前赴后继地在凌乱地碰撞,很想创造出些许只言片语陪陪这位寂寥的夜猫子,但纵有万语千言,发现落笔起头最难,这种感觉是最挠心的。眼前的白墙上零乱地粘满了各种小贴士:教授邮箱、德语单词、专业术语……大学以后,记忆力不再是个很靠谱的家伙,脑容量不允许我在短时间内加载进太多天花乱坠的信息。这些贴士杂七杂八地排列着,微微卷着边,用得上的、没用上的,倒是都异常靠谱地紧贴在这面白墙上,这一年里从未被时间的无情触手剥落过。

　　视线从白墙慢慢转移至整个空间,这可能是我这辈子住过的最杂乱的屋子了,和绝大多数男生无异,和绝大多数留学生无异。地上躺着几双换洗袜子和等待被回收换钱的饮料瓶,衣架上却挂着熨得格外齐整的衬衫和西装。这看上去好像也和多数蜗居在十几平方米房子里的"北漂""沪漂"没什么差别。这间屋子里发生了太多的悲喜,本科生涯行将结束,我似奔腾的水流冲不破厚重的水闸大坝,来来回回原地打着漩儿。他们决定留在这个国家继续读研,我决定回国。巧的是,英国也在这一天全民公投选择脱欧。

我环顾这一隅简单的摆设,瞥见从不叠被子的小床,注视良久,心头竟生出一阵暖意。多年以后,你不知道我会对这间小屋有几多怀念,几多追忆。

我想起一句被说烂了的老话:"有些人活着,他已经死去。"多希望自己可以延续学生时代青涩的模样,无忧而简单地活着,简单得像大学校园里眯着眼缝安逸晒太阳的猫。在食堂花上五块钱能买到两素一荤的菜,早晨在床上挣扎很久,最终还是翘课得干脆,也为了第二天的考试熬红了双眼,通宵达旦。可我们站在毕业的门槛回头去望的时候,宿管阿姨追过来了,程式化地下达搬离的最后通牒;"小鲜肉们"追过来了,眼神无辜地等待我们"退位让贤"。饭卡再也刷不出余额,我们再也不能奢侈地旷课,好像也已经很久没有邂逅东方的那抹鱼肚白了。

就这样被逼着长大了,就像那悬崖边上的白颊黑雁被逼着一跃而下。我站在青黄不接的路口,心好慌。

德国的夏雨阴郁而又绵长,像极了江南的梅雨季。我坐在 Continental Termic Ingolstadt 公司 Body and Security 部门的一张办公桌前,机械地完成主管布置的工作,建着 3D 模型图,预想到未来继续人模狗样、苟且偷生的自己,窒息的危机感阵阵袭来。机械不是我热爱的一行,我这样日复一日地活着如同死去。

我打开微信的聊天界面对父母说:"我想回国了。"

在父母亲惊讶错愕,或许还在思索该如何回复我,而我盯着手机屏幕怔怔出神的几分钟里,时间似乎被无限拉长,无言的尴尬蔓延。上一次我感到如此无助,似乎是许多年前,高一时候的事了。

几分钟后,父亲回复我:"爸爸妈妈支持你的选择,我们也希望你回国工作。"

长大很残酷的部分是我们要学会做出选择,不是选择本身残酷,而是我们需要承受选择所带来的后果。就像黑板上随心所欲的涂鸦,以前有人指导你勾勒上色,画作还算拿得出手;如今草稿便是终稿,再也找不到依赖已久的黑板擦了。

长大更残酷的部分是我们明知自己做得不完满,对自己"恨铁不成钢",心头最柔软的象牙塔里,父母亲还是爱抚着你的发梢,深情款款地说"支持你"。这是背负期望的上进者对支持者本能的愧怍。

从高中到大学,从上海到德国,我感谢自己在那些并不闲适的成长时光里不忘走进自己最真实的心境,每走一步都拂纸记录下来的这些稚嫩文字里,抒写的是我们每个人的学生时代,你在里头都能看到自己或已远行,或正经历着的生动影像片段。总有人喜欢老气横秋地说:"青春就是用来怀念的。"可是老去的真的是青春年华吗?并不是,它永远年轻,变的只是青春故事里的主角罢了,一路走来的苦甜酸涩,你我唯有自知。这些文字在我老旧的电脑里孤独地躺了很多年,如今装订成册,用以自勉,纪念这漫长求学路上每个踽踽独行的日子。

目 录 contents

第一章　花开盛夏

(1)

我们初逢在原点。你沿着 X 轴正半轴奔赴往正无穷，我把双手插在牛仔裤兜里嚼着口香糖朝相反的方向走。也许春归燕回的某一天，你会正得很辉煌，而我负得很荒唐，讽刺的是我们离开原点的距离似乎从未变过。当嘴巴里的口香糖被咀嚼尽最后一缕甜味，我终于走累了的时候，你远行的背影早已遥遥无期。可是啊，远去的青春已不允许我转身回头，去寻觅或者重蹈你的足迹。这时候，我多么想一把拎起自己，只把这具躯壳一脚踢到原点就好。

"流水它带走光阴的故事，改变了我们，

就在那多愁善感又初次回忆的青春。"

衣襟带花，岁月风平。我们用了一整个学生时代努力离家，也许剩下的时间就是用来重新回家的。

我仿佛依然能感受到高一新生报到那日的紧张感，书包的背带一个劲儿往下拉扯肩膀，我明明站在锃亮的水泥地上，却如同处于懵然罔觉的失重状态。书包里一堆紧凑的暑假作业因承载了光怪陆离的题海增肥不少，躲藏在里头似在狡黠地窃笑，遵循化学书本上的勒夏特列原理似的，使劲将我的肩胛骨勒得生疼，阻碍它蓬勃向上的势头，身高就这么被耽误了。

疲沓地把自己拖到了十字路口，穿过去就是我的"霍格沃茨"。这么称呼母校新崇中学并非只是一位《哈利·波特》迷的心血来潮，故乡千篇一律的砖瓦房所带来的视觉上的审美疲劳,促使我在迷茫的现实里想象起远方古老的建筑,涣散的故事。

从十几年前开始,我便立志要离开这青砖乌瓦,一眼望不到尽头的小岛农村——到处是泥土,后院的民渠里浸泡着两截水杉树圆木,随波沉浮,散发出一阵阵难以言状的腐臭味儿。都市的车水马龙,灯火通明,由于未知,空白的显影液幻化出了一派歌舞升平,寂寞又美好,繁华与享乐的勾弦撩拨我这一如傀儡似的遐思不放手。那里的车辆定如仲夏夜稻田上空的昭昭星野,数也数不清;整个村儿的平房垒起,也高不过那儿的一栋普通写字楼。

一条宽广的长江,隔出了两种完全不同的生活环境,好像对岸才叫上海,小岛只是小岛。

后来上海长江隧桥建成了,天堑变通途,从小岛去往上海市区变得容易,表哥堂姐也都在一江之隔的市区定了居,我去上海的次数逐渐增多,每逢假期表哥堂姐会带我出入热闹的商场吃喝玩乐,这比岛上的农村生活精彩有趣多了,叫人乐不思蜀。直到有一刹那,我在上海某个忙碌的十字街头等待红灯的时候,挣扎在乌泱泱的人头汇聚而成的恐怖泥沼里,想呐喊却怎么也发不出声,红灯如鲜血般刺眼,我突然意识到大城市对我的吸引力不再如旧,是我的感官阈值提高了吗?人的想法多么善变,纵然如我这般个头矮小也觉得生存空间狭仄,加之道上不绝的汽车尾气味儿,阵阵压抑感与我撞了满怀,堵住了我的咽喉,遮蔽了长空,灵魂意兴阑珊,仿佛怎么也无法尽兴地舒展。

于是,我在这适合做梦的年纪继续好高骛远地天马行空着,憧憬着现代都市中的复古之韵,憧憬着英国贵族遗承下的古堡;或者极尽哥特式风格的教堂,罗马式的神庙;阿尔卑斯山下的小镇;西欧南部的小城……这些读起来便觉得神清气爽的栖身之所,以洋味儿的地名魅惑我与日俱增地心向往之,结合脑海中曾出现过的诗意画面,零碎地镌刻出清晰的轮廓。会有一天,我要去到那些地方,像孩子赌气似的,告诉很多年以前的自己:小家伙你真的来了,你很棒,恭喜你。

在这之前,脚下还有很长的路要走,这是一段哭着笑、笑着哭的路途。我不知不觉地走完了前面一半,后面一半的学生时代要从新崇中学开始走了。校门口这宽阔的十字路口一如交错的经纬,延伸的坐标轴,伫立原点,人在中游,上下极目,无始无终。我能想象若是俯拍这红白的车线,无数光影在律动,一如街市里闪烁着的霓虹,更显浓墨重彩的夜色,朦胧写意的温柔。路灯下逆光的位置,纤瘦的我变得棱角分明,这场景,像极了80年代流行歌曲的MV,迷茫但不漫漶,刻意但不做作。

青春离不开忧郁和矫情,有时甚至找不到想要发泄的缘由,只是单纯的浑身难受,像中年人的更年期似的。这三年里,我时常在晚自习结束后神经质地把自己扔在这个路口,忧郁而矫情,独自感叹驰隙流年,品记忆长河里的成败与得失。它是我信念里的原点,站在那个场景里,能提醒自己不忘初心,像襁褓里的婴儿有了奶嘴,寄居蟹有了海螺壳,身心得以沉静和疗愈。夜风凉如水,残忍又轻柔。

要知道,当繁华落尽,若能看到站在原地的自己,那是一种幸运。

那会儿,我们如扑火的飞蛾似的从小岛的各个旮旯汇集在这个原点——这所改变我们人生的"魔法学校"。

"诗嘉。"

"到!"

（2）

　　高一（2）班的班主任名叫Jojo，她利用暑假刚从英国伯明翰大学进修回来。初次见面，一头微卷的长发上缀着钴蓝色的蝴蝶发卡，一身碎花的田园裙，胸前亮银色的挂坠多半是在英国街头淘到的手工艺品，精致的凉鞋恰好衬托涂着绚蓝彩油的纤纤细趾。

　　夏末，Jojo身上的装束简约自然，一如这一季耐不住落寞的早桂，独树一帜地在风里沁爽飘香。比起校园里其他英语老师的浓妆艳抹，Jojo简约的行头反倒成了一抹亮色。我时常傻乐着想象的一幅画面是，倘若Jojo在某一个午后信步于校园建筑群间，伸手抚摸马赛克花样的石板建筑，凝眸注视翠绿的爬山虎，那会是"霍格沃茨"里的一处绝妙之景，带给师生清新的视觉享受不说，也会有魔法一样的功效，渐次缓慢来来往往的脚步了。她笑起来的样子很好看，浅浅的梨窝真心的美。

　　高一新生报到完便该是军训了。在前往军训基地的大巴车上，我和秦天两个人非常文静，对，就是文静。中考填报志愿的时候我压根没想到自己能考进新崇中学的重点实验班，如我那所名不见经传的乡下初中母校，学生能考进新崇中学便已是格外新奇的事，更别提是那两个被捧上神坛的重点实验班了。我和秦天虽然给初中母校争了光，但两名乡村少年在新同学间却显得格格不入，生涩的表情僵硬得就像老宅院落里没熟透的柿子。很多新生都来自县城里的一所名牌初中，彼此之间早已熟识，在车上信马由缰地从过往趣事聊到娱乐新闻。那一刻，沉默的我是自卑且羡慕的，我的心里只留有一个问题：我比得过他们吗？

　　我偷偷去看Jojo，她和临近的几名女生聊得很愉悦，那模样俊俏得竟是看不出年龄差距的悬殊，呆呆地凝视了一会儿后，我忍不住悄悄拱了拱秦天："英语老师看上去好年轻，就像是一位邻家大姐姐。"没等秦天反应过来，一位帅气的哥儿们从旁边拍了拍我的肩膀，自来熟地说："真巧，我也这么觉得。"我转过头去和他尴尬地对视了三秒，他挑着眉，嘴都咧成一弯上弦月了，随后三名少年哈哈大笑起来，马上又不约而同使了个眼色提醒彼此小声些，太造次了，像说错了话，更像是合伙做错了事似的,可别被其他同学给听到了。这位长相帅气的兄弟名叫灏子,头发染着淡淡的黄色,五官非常精致立体,他身上穿的衣服很潮很有范儿,一问之下原来也是男寝525房间的室友。

这不巧了吗?未来几年还得在一处屋檐下同居呢。寝室号是在新生报到前就已经排好了的。新崇中学有一幢男生楼,两幢女生楼。我们二班的男生都住在五楼,从525号到528号,都是五人间。

新生军训基地坐落在距离学校40分钟车程的小镇上,魔都夏末的阳光依然刺眼,下了大巴车有不少女生打起伞来,其中有一位女孩身材微胖,双鬓的发丝早已湿漉漉地紧贴在了脸颊上,脸蛋早已被闷热的车厢熬成了一颗熟苹果。在遇到她之前,我从没觉得形容脸蛋红得像猴子屁股是一个贴切的比喻。

我不喜欢军训,非常不喜欢。我从不相信短短十天的训练能磨炼意志,纠正一个少年身上附着了十几年的陈疾,然而我也不能否认它存在的意义,它更像是一场仪式,一次洗礼,它昭示了三年战友情谊的开始,宣告了或能延续一辈子的兄弟情深。"1—2—3—4"整齐的口号声一响,你便知道自己的人生翻开了新的篇章。

"把伞都给我收起来!"军训教官都长着一副嘹亮的好嗓子。我们二班刚找到对应的训练场地,一旁树荫下的年轻教官便匆匆走来,给了我们一个下马威。女孩们不再吱声,表情尴尬地迅速把伞收起,那红脸的女孩不知是过于慌张还是伞具本身的问题,收到一半竟卡住了。我看到教官如鹰般锐利的目光,他的眉宇微蹙,干裂的唇瓣翕动,正欲言又止之际,Jojo赶紧上前解围:"把伞给我,你们快跟着教官整队。"

我长舒一口气,情不自禁地为这名女生捏了一把汗。

教官板着的扑克脸上写了三个大字——不耐烦:"你叫什么名字?"

大家伙儿又把视线齐刷刷地从教官脸上转向这位可怜的红脸姑娘,一旁的Jojo似乎也感到些许错愕,顾不上手头收伞的动作,抬头向我们望了过来,女孩攥紧了的手显得更慌乱了,手指头随即尴尬地抠着迷彩裤的裤兜,她的眼神闪烁,唯唯诺诺地低声应道:"宋七七。"

宋七七?真是个特别的名字,就像小说里的名字似的。后来七七告诉我,因为她出生于7月7日,父母仔细研究着橱柜上用钉子挂着的日历,既然有那么多七,干脆就取名七七好了。

七七就这样回答了教官严肃的提问,我们的心弦再次跟着紧绷的时候,队伍前的教官突然柔声起来:"回去后记得买把质量好一点的伞

噢。"严肃冷峻的教官一旦这样冷不丁地开起玩笑来,女生几乎是没有抵抗力的,她们羞赧地捂着嘴笑成一片,后排的男生们也垮着肩颇具兴致地看着这一幕,铁汉柔情,似乎是不错的一招。不料这位调皮的教官马上又变了脸,厉声道:"谁准许你们笑了?"

从那一刻起我就知道,带军训的教官们其实都很年轻,大不了我们几岁,如果抛开团长下达的训练任务,他们也想和学生们打成一片,没人情愿从始至终板着面孔厉喝,也没人情愿在烈日下为难一群初出茅庐的少年。他们的玩心甚至比我们更重,排与排之间拉歌时不服输的他们,赢的时候比谁都高兴。

◎⋯⋯⋯⋯⋯（3）

然而有些底线还是不该被挑战，比如灏子脑袋上顶着的那撮黄毛。一大片绿色迷彩间，灏子那一头酷炫的发型在阳光下显得格外刺眼，生怕被发现不了似的。当教官质问灏子的时候我暗想糟糕，以他不羁的性格免不了有场口角了，事实也确实如此。

可最终，他还是就地做了三十个俯卧撑后，极不情愿地跑去理发店了。

我的脚患有严重的血管炎，这是一种慢性皮肤病，症状在两脚的分布几乎对称，黑一块白一块的，一旦运动过量便会复发，皮肤泛红，转而生长出新的溃烂，等结痂后则形成不可逆的黑色素沉着。当我撩开迷彩裤露出下肢时，教官和Jojo当时的表情同我预料的一样，瞳孔收缩，惊讶而又疑惑。教官问了一个让我哭笑不得的问题："你是以前被捕兽夹夹过吗？"

十天的流金铄石，我的军训就是在看别人训，像巡查的领导似的，领导还得时不时在不同的队列之间走动走动呢，我则坐在椅子上不用挪地儿。这十天里，我利用自己的病号特权和同样不用挪地儿的Jojo聊了很多，聊逝去的初中生活，聊兴趣爱好，聊高中课程究竟难不难。她很担心我双脚上骇人的病恙，在这个完全陌生的新环境里，第一份感动像山林琼草叶上的甘露，清冽于少年的心田。

农村长大的孩子相对更加传统，懂事得比较早，小脑瓜子里想得也比较多。我从很小开始就跟着爷爷奶奶一块儿下地干农活，撩起裤腿赤脚插秧，脚下湿润的新泥滑溜溜的，秋天收割机一过，地里头还能捡拾到不少饱满的稻穗。这伴随着我长大的泥土和农事似乎赋予了我特别隐忍的性格，我觉得土壤的性格也是隐忍的，要不人们怎么都说土壤是"厚土"呢。初二那年第一次感觉脚疼的时候我没当回事，心存侥幸地告诉自己没准儿过几天就恢复如初了；而当皮肤泛红转褐的时候我偷偷上网查阅资料，自己开始注意饮食和作息；直到有一天赤褐色的地方开始溃烂，我才鼓足勇气无奈地告诉了父母，再拖下去可能真得拖出大问题来了。我多希望早些长大，自己去处理解决问题，我的病恙不该成为长辈心头悬着的一块巨石。明明没有实力，却以为自己已经长大；明知没有财力，所以只能选择隐忍。我的无知不但蹉跎了最佳治疗时期，也加深了父母的牵挂。从 Jojo 慈爱又复杂的目光里我或许读出了一丝赞许，但一瞬的骄傲过后我看着不远处笔直挺立的同窗们，很是后悔，万分自责。我宁愿自己只是被不长眼的捕兽夹夹过，那疼痛仅仅是短暂的，过段时间也便淡忘了。可血管炎这种折磨人的慢性病，在你每次兴奋地奔跑打闹或长途跋涉时它不恰时机的隐痛瞬间缓滞了步履，冰冻了兴致，比如2010年我在上海世博会园区里奔走一天，再比如我背着登山包徒步观赏野外绝美的风光，晚上打了盆热水脱下袜子的时候，果不其然脚上已又有一小块皮肤变成赤褐色，一触碰就疼痛难忍。

　　父亲那会儿除了备课、做课件或者玩蜘蛛纸牌以外，对电脑的操作知之甚少。在那个互联网在中国家庭中刚兴起的年代里，他不相信任何诸如网上支付、网上预约这类看不见、摸不着的新事物，总觉得是骗取钱财的玩意儿。不过父亲为了我还是上网去搜索上海市区最有名的皮肤科大夫，摸索着预约专家门诊，一边忐忑着网站是否虚假，一边又坚持一定要带我去大医院走一趟。那时的上海长江隧桥还未开建，父亲和我拂晓时分坐车去县城的轮渡码头赶第一班船期，岛上还没有车站，公交车随手招停，我喜欢坐在这种老式公交车的大油箱上边，总觉得偌大一块区域都是我的，挨着司机很有安全感，黑着天也不惧怕了。两个多小时在清晨的长江上浮沉，满鼻子都是难闻的柴油味儿，浮标闪着寂寞的灯，东方旭日慢慢从海平面上升起，江面上的薄雾渐渐散开，直到波光刺眼间轮船才停泊在对岸的宝扬码头。父亲掏出衣服内侧口袋里前两晚查询的路线小抄，牵着我的手去坐车，再换乘地铁，也不知道如何在高科技的机器上购买地铁票，连问带猜，爷俩到医院时已经是该吃午饭的时候了。

　　三甲医院大得离谱，前前后后排列着好几幢楼，盖得很高。小岛上我家附近的医院和它比起来，只能称作小诊所了。不过小诊所有小诊所的好，都是住一个镇子上的，里边的医生我们基本都熟络，他们看到我父亲还会主动寒暄一声："包老师好。"相较之下这大医院的高傲姿态让我感到特别不舒服，医务人员像没有表情似的，眼神冷漠而僵硬，就连保洁阿姨给你指路的时候，也是一脸的木讷，弯曲的手指无力地指了个方向，随即转身走远了。排号的时光大抵是被剪辑成了慢速，冰冷的金属椅子被坐得暖洋洋的。排到号进入诊室后,医生看了看我的双脚,让我去排队做活检。这算是个小手术,从病羔处切一小块肉下来做化验,等过些天再去拿化验结果。

手术室外排着不少等待做活检的病人,我是年龄最小的一个。排在我前面的阿姨扎着及腰的麻花辫子,金耳环大得能套进大拇指,她皮肤黝黑,操着一嘴不标准的普通话低头问我得了什么皮肤病。我撩起裤脚管给她看,她也撩起裤脚管给我看。她的小腿肿了一大片,症状虽然和我的不同,但看着也十分恐怖。

"阿姨,做这个活检疼吗?"我小声地问,生怕被靠在不远处的父亲听见似的。

"不疼,会打麻药的,放心吧,别怕。"

可在她进入手术室后我分明听到了撕心裂肺的叫声。等推门出来时,她尴尬地看着我说:"就打麻药的时候有些疼,现在已经没感觉了,别怕,快进去吧。"

我行尸走肉般走进手术室侧躺了下去,一句话也没说,似乎在默默积蓄力量对抗即将到来的惨痛。医生与我核对了下名字,我默默地点了点头。

"打麻药的时候会有点痛,忍一忍就好了。"医生说。

我感受到酒精棉冰冷的触感在我的痛处猛烈地摩擦,下一秒是难以言状的痛楚,怪不得那位阿姨会叫得那么大声呢。我紧咬着牙依然一声不吭,看了看专注的医生,又转了转脖子瞥见了头顶的反光镜里那片生病的赤褐色皮肤。过了一会儿,医生拿起了细长的手术刀,动作很熟练,我只看到从脚脖子处流下来一条殷红的血线,旁边的护士一个劲儿地擦拭。仅仅几秒钟的时间我的一小块肉便被投入事先准备好的化验瓶里,那一丝丝肌肉组织纤维像触手似的,冒了一连串小气泡,缓缓沉了下去。之后进行缝合,我没有丝毫感觉,可无声躺在手术台上的我分明感受到的是,任人宰割的滋味要比麻药更让我觉得心冷和无助。

"感觉怎么样?"见我出来,身子倚靠在墙壁上休息的父亲条件反射似的迎过来问,本能地伸出手搀扶我。

"打了麻药没什么感觉。"我回答,"现在还用不着扶。"

回岛的路上麻药效果逐渐褪去,伤口开始生疼,我跛着脚回到家时已是月上柳梢。奔波了一天也没能确定到底得了什么病,过两天还得再

跑一趟，拿了检验报告才可以心安。生病固然折磨人，不便的求医路同样折磨人，那是一段现在想来还会感觉很心酸的往事。若非此刻我沿着记忆的堤岸回溯，下定了决心去记录这弦歌与泠泠参半的求学年生，这些事早已遥远得不愿被记起了。

（4）

军训的时候我也没有完全闲着,主动揽下收发军训日记以及当寝室长负责男生内务的活。军训期间学生会的师兄师姐每天会编辑出版一份《军训日报》,上面几乎每天都会刊登我的日记选段,一份一份我都叠好放进书包,心里沾沾自喜,想着回乡下后呈给父母亲看,他们一定会高兴。相比之下寝室长的差事可就没那么容易了,我们十几二十名男生挤在一个屋子里睡大通铺,先不说满墙蛰伏的蚊虫看着难受,所有人一脱鞋,脚臭味连同汗味弥漫在黏稠的空气里,那酸爽味儿终生难忘,比乡下奶奶家腌制雪菜用的瓦罐更令人上头,熏得人只想逃离。我提议大家伙儿都把迷彩鞋摆到室外的走廊里去,再换双干净的袜子;又跑到女寝借来一瓶花露水进行空气净化,这才敢小心翼翼地躺下,生怕惊扰了墙上挂着的蚊子满屋子嗡嗡地飞。我简单传达了寝室内务的评分标准,床铺要怎么整理,毛巾要怎么折叠,兄弟们都非常配合。

不曾想到,这一张张无意间闯进你生命中的稚气未脱的脸庞,有那么多竟在多年后能和父母一样平分你心底最柔软的地带。你以为身处重点实验班,同学们应该都是面和心不和的,你以为最珍贵纯粹的友谊遗留在了乡下的初中,眼前人应该都是暗地里互相较着劲的。可是忙碌的高中生活马上会告诉你,值得你打败的唯有你自己,而革命友谊只会像地窖里埋藏着的美酒,随着时光老去越积越醇。

一群同龄人待在一起总是很快能熟络起来,525号房间的另外两名室友分别为项宇和蔺洲。项宇戴着一副黑框眼镜,脸上长满了凸起的青春痘,他和我一样平时没事儿喜欢唱歌哼曲儿,且都以为自己唱得倍儿好听。蔺洲长得人高马大一身的腱子肉,宽阔的肩膀将迷彩服撑得很挺括,他话语不多,是位从体校毕业的体育特长生。傍晚集训临近结束的时候,灏子顶着一头黑发回来了:"兄弟们,哥是不是帅气依旧?"他故意甩了甩脑袋说。我仔细打量着他,少了些许痞气多了几分书卷气,少了些许油滑多了几分清秀。

在上高中以前,我在乡下已经当了那么多年的好学生了,符合乡民眼中一切关于好学生的标配，似乎每个学生都应该被培养成这样，似乎我应该继续保持这样。我却分明像一只隼隼，被看到的部分或许是美化后的假象，外表越乖巧的人也许内心深处越容易产生极端的想法。只有我自己知道，曾幻想过上了县城的高中去染一头黄发，打一双耳洞戴上耳钉，下垂的斜刘海得遮住半枚眼睛，穿一条带有很大破洞的牛仔裤，嘴巴里叼根烟。这是我初中某段叛逆期里最真实的想法，一面看不惯校门口溜达的混混和班级里吊儿郎当每天只顾玩乐的捣蛋鬼，一面又羡慕他们特立独行，敢于和我们不一样，向约定俗成叫板。所以当我看着眼前灏子清爽的黑发时，竟感到些许震惊，转而心里只剩下一个想法：华年素颜，真的是学生时代最美的样子了。

"还别说，更帅了！"

"走，快一起洗澡去，等会儿该没热水了！"

哥儿几个身上这一天下来早已前前后后湿透了好几次，汗渍贴在皮肤上都析出盐来了，偌大的公共澡堂里弥漫着一股肥皂的味道。

回顾我整个学生时代，生理知识一直是隐晦的一角，父母和学校几乎对此只字不提。也许是因为生理和性多少沾着边儿，而我们依然生活在一个谈性色变的社会时代里。我记得小学时候有一回学校组织去电影院观看《珍珠港》，当影片最后男女主人公激情拥吻的时候，几乎底下所有人都故意低着头，有的还"诬陷"耻笑某某同学睁着眼。

军训翌日，我们屋被扣了不少分。Jojo让我这个寝室长去整改，我突然倍感压力。我不想让心中的女神失望，也突然意识到重点实验班既是荣誉也是负担。有一个很荒谬的共识是：重点班就是应该方方面面都名列榜首。不仅学习成绩如此，卫生值日也应如此，运动会还应如此，早上诵读声应该最整齐，上自习课时也应该最安静。这何其荒谬？一样行就得样样行吗？某种程度上讲，优秀的人都是被环境逼出来的。

待到第三天的时候我自然格外谨慎，等兄弟们全出门后再次里里外外拖了一遍地，检查每一处细节，连躲在地砖缝隙里的头发丝也不放过，把牙刷头全部摆向一个位置，擦干桌上残留的水渍。一上午我都坐在树荫下和Jojo有一搭没一搭地聊天，心里面却一直揣着这事，回想内务哪个地方被我忽略了没做到位。中午时分忐忑地走向布告栏，不出意外得了满分，我随即心满意足地去小卖部买了一堆零食捧回屋庆祝。秦天他们正在热火朝天地聊着这些天都结识了哪些新朋友，听他们的对话内容,似乎是灏子对五班的一名女孩颇具好感,我瞧见眼前这位最近一贯不羁的"小少爷"脸上,竟有一分罕见的羞涩表情,见我捧着零食进门,恰好转移开了话题:"诗嘉,Jojo让我和你,还有项宇去一趟。"

"好啊,秦天这小子出卖我!"

原来,每个班级都要出一个节目在最后的军训晚会上汇报演出。见班里没人毛遂自荐,Jojo便让同学们互相举荐。我在初中参加过校园歌手大赛,秦天便把这陈年旧事给抖了出去。

Jojo带着我们几个来到了排练室,屋子里站满了其他班多才多艺的文艺骨干,有唱戏剧的、玩乐器的、练武术的、跳民族舞的……装备和服装扮上后那阵势别提有多专业了。他们正紧张地等待学生会师兄师姐的选拔。灏子和项宇准备了一首二重唱,演唱周杰伦的那曲《安静》;而我也正处于用偶像剧来填补寂寞暑假的年岁,就唱那首取景自美丽的厦门大学校园里的《我要的飞翔》好了。

排练室里,一抹窗外投射进来的樟树叶影揉碎了阳光的斑斑驳驳,有些熙攘,有些纷扰。我清了清嗓子,握着话筒清唱起来。几秒后,排练室突然变得分外安静,我看到眼前的师兄师姐无声的"哇"字口型,那三分钟的演唱我享受极了,唱歌本是爱好,亦能带给旁人快乐是生而为人多么大的一种福祉;可短暂的三分钟以后便是很长一段时间的惆怅了。

有女生举着手机追着我给她们录上一段,以及正式开学后的第一个月里,时不时有女生拿着笔记本跑到我们班来问我要签名。她们说也许有一天我真的出名了,这一纸签名就值钱了。现在回忆起那个幼稚可爱的场景还会让我忍俊不禁,那是一群盛夏花开的女生曾特别抱以期待的一笔零成本投资。现在看起来多少无聊荒诞的过往在若干年前的当下竟是十分意气风发的一种行径,可就是这些零碎的无聊拼凑成了往后重逢时的有聊谈资。然而我还是不得不遗憾地告诉她们,你们的投资失败了,我没有在音乐的道路上走下去。如果未来有一天机缘巧合下重拾阁楼里尘封的笔记本,我希望你们能忆起那些流年里的美好与纯真。

我的独唱节目就这样因为出色的声音条件被选上了,灏子和项宇的二重唱落了选,可是我的节奏感成了致命的问题。这首曲子已是十分熟稔的旋律,我偏偏把握不准第一句歌词该什么时候进,第一句没了准头,后面就全乱套了。无奈之下我拉上了学生会一名会玩乐器的师兄一起演唱,他的节奏感很好,到时上了舞台能提醒我节奏是否正确。这位师兄名叫翔哥，文质彬彬的，剃了干净清爽的寸头。有一次和他排练久了错过了饭点，他便把我带到了学生会办公的地方和他们一块儿吃盒饭。不得不说我是这600多名新生里很幸运的一个，还没开学便搭上了校学生会的线。对我来说，这个高中的开场白太过于高调，似乎每个博人眼球，展示自我的机会都没落下。我只是一名从乡下学校偶然考进来的穷孩子，只希望能在重点实验班里默默无闻地学习，成绩不要垫底，没承想竟成了同届的同学们茶余饭后的谈资。舞台上风光的背后，我也听到了些许不服气的声音，不服气是好事，是催生出良性竞争的沃土，一旦失了分寸，嫉妒才现丑恶。在人际关系还很单纯的学生时代，我没有理会这些并不和谐的评论，我不知道如何去处理和解释，我只知道自己还没准备好便站在了一个显眼的位置，也知道了在这汇聚了整座岛上最优秀的学生群体里，我好像不比别人差。

高一的军训便在这最后的文艺汇演中落下了帷幕，整场汇报演出歌曲类节目除了我和翔哥演唱的《我要的飞翔》以外，另一个是由七班一名女生独唱的《My Heart Will Go On》，电影《泰坦尼克号》的主题曲。她的名字叫潇莼，娇小可爱的外形很难让人联想到她能唱出那么高的调子。舞台上的她穿着纯白的短裙，一如她的名字一样，在聚光灯下美得像天使。就是这副记忆中不断闪现出的画面，牵动了我整个高中时代。

（5）

　　两个多月的漫长暑假过后,尤其是中考结束的那个暑假过后,重返课堂竟成了一件令人紧张的事情。我和灏子成了同桌,我俩后边是七七和木子,两名体型微胖的女生。数学老师是位慈父型的中年男人,担任新崇中学数学组的教研组长,我总担心他的皮带会兜不住那日渐发福的肚子;语文老师叫方一燕,她额头的正中间恰好长了颗美人痣,整个人都散发着属于东方女性的韵味;班主任Jojo教英语,第一堂课全程便是流利的英文到底,听得我和秦天瞠目结舌,这就是高中的英语课堂吗?好在她大多介绍自己在英美生活进修的经历,我俩借着精彩纷呈的照片勉强能跟上节奏,乡下学校和城里学校的差距在此便体现出来了。化学老师不怒自威,气场令人生畏,他跳过了自我介绍环节,讲了几分钟卢瑟福的蛋糕模型后便直接开始讲离子中子和质子,以至于我们第二天才通过Jojo知晓他的姓名。电风扇的声音和着窗外垂柳上聒久的蝉鸣,加上物理老师匀速地讲着匀速直线运动,便是9月份最有效的催眠曲了,眼皮怎么也不听使唤,我和灏子说好彼此互为监督,看到对方闭眼就上手掐大腿,无须顾虑。可几分钟后,我俩一手撑着脑袋,一手撑着课桌,就都睡过去了。

　　时间是位淘气的段子手,没事的时候眯上一眼,感觉自己睡了良久,事实上才只过去了一小会儿;而上课的时候眯上一眼,感觉自己眯了五分钟,事实上一堂课就睡过去了。下课铃声则是个扫兴的大号闹钟,起床气远非它的敌手,我一觉醒来脸颊上还带着红印,愧疚感袭上心间,整个人口干舌燥,迷迷糊糊间回头顺手拿起七七桌上的水杯:"施舍点水呗!"随即"咕咚咕咚"地兀自灌了起来,我用余光瞥了一眼这两位表情诧异至极的微胖女生,才意识到自己的失态,我这是在干什么?我是疯了吗?她们已不再是那个乡下母校里熟悉得不分彼此的老同学了,她们也不是我这样毫不讲究的穷孩子。可是脑子没跟上右手一气呵成的动作,意识到的时候为时已晚,喝都喝了,我便故作镇定地继续喝完,若无其事地丢下一句"谢谢"。放下杯子后转身低着头努力地憋笑,只听木子对七七说:"你们俩认识?"七七无辜地摇了摇头便跑出教室洗杯子去了,留下木子毫不矜持地哈哈大笑:"唱歌的,你好牛!"我看了眼灏子多希望他替我说句话解个围,可这哥们睡得比猪还沉。

下课后回到525寝室,我把这尴尬的糗事告诉了秦天他们,商量补救之法。

"你要对人家姑娘负责哦!"灏子贼笑着没一句正经话。

"去去去,你能不能认真点儿?"我推了他一把。

项宇思考了一会儿说道:"给她买瓶饮料赔礼道歉呗,记得要买冰的,她的脸蛋需要降降温。"

于是晚自习前我去小卖部买了瓶冰饮递给七七向她道了歉,她微笑着说没事。这事就算过去了,让我松了口气。新崇中学这样一所寄宿制学校,晚自习格外漫长,格外安静,也格外忙碌。重点实验班的晚自习就更安静了,当你想偷个懒松懈下来的时候,身旁没有人愿意说闲话,每个人都忙着解题,看书或者预习,恨不得将脸蛋贴在书本上似的,每个人都知道身边坐着的全是岛上的尖子生,所以哪怕一分钟都不愿无故被浪费。高中课程的难度和初中比起来不是一个量级的,英语莫名其妙多了好多时态,初中老师教的一些语法,一些根深蒂固的口诀硬生生地被一片片撕扯下来,回炉重造;至于数学,明明看懂了书上的概念,可面对练习册上光怪陆离的习题依然束手无策;更别提晦涩的物理了,因为常常上课睡了过去晚自习得找补回来。

让我一生难忘的一个场景是,第二天校园书店里的辅导书几乎被我们两个重点实验班的学生抢购一空,货架上变得空荡荡的,那忙里忙外的老板娘都来不及进货。"原来并不是只有我觉得课程难。"我心里头略感慰藉地嘀咕了句。但班集体如此不约而同的"自觉",无形中让我感受到了压力,良好的底子再加骨子里的上进心,重点实验班的神话就是这样炼成的。我买完书路过七班的时候,忍不住往里瞄了一眼,看到潇莼在安静地看书便欣慰地离开。

高一的第一个礼拜过得格外漫长,像粘在了一起的书页怎么也翻不了篇,每天晚自习结束后我都会停驻于那个十字路口给父母打一通电话。马路对面的小区里住着很多高三走读的师兄师姐,灯火通明,亮如白昼,我常常倒数着日子,他们还有几天解放,而我离那个日子又有多远。这高中时代的第一个礼拜,我特别想念乡下老宅,那些落满青苔的砖石上是否有蜗牛短暂停留。

（6）

卡莱尔说："停止奋斗,生命也就停止了。"

带进学校的行李中,我们都备了一支充满了电的手电筒。这听上去似乎很奇怪,却又时常于某个伫立夕阳的窗台,让我回忆起来的时候笑泪潸然。这是新崇中学一个代代沿袭的传统,不知是从哪届的哪位前辈开始流传开来的,学生们会在宿舍熄灯后偷偷打着手电躲在被窝里继续学习。起初宿管科的阿姨会睁一只眼闭一只眼,毕竟这是一群有理想爱学习,踌躇满志的少年。后来场面实在收不住了,宿管科便制定了新的规章,熄灯后的手电光与玩手机、侃大山"同罪",扣五分内务分且第二天需要班主任签字。十点过后的宿舍楼里,每晚都在上演阿姨和学生的猫鼠游戏。对于大部分新崇学子来说,佝偻着的一方被窝是某段热泪盈眶的青春岁月里,汲取知识养分的修炼秘境。多少个夜里我们缩着腿,猫着腰,呼吸着异常浑浊的空气,似乎整个世界只剩下自己粗重的喘息和脉搏跳动的声音。直到额头与上颌渗出细密的汗珠才关一下手电,探出头来贪婪地呼吸几口秘境外的新鲜空气,等待心绪归于平静,汗水蒸发,再次循环往复。

高中时代之所以美丽,是因为我们的梦想如此单一而又清晰,且一致,富二代不会在测验中多出几分,考分是最公平的存在。这样的刻苦不一定会带来显著的回报,但不刻苦在新崇中学必然会不进则退。纵然花了成倍的时间换来可怜的低效,我们大多数人依然会选择这么做,因为至少会把自己感动得心里踏实,而经验告诉我们面对一切痛苦的上坡,积极的心理暗示对成长本身是多么的重要。

那个时候微信还未被发明,触屏手机也还未诞生。车,马,日色都过得有些慢,一个月只够发300条短信,上网只有100兆流量。可就是这么点流量,依然孵化了QQ账号好几个"月亮",依然抢到了别人菜园里的人参,成了虚拟世界里的千万富翁。每个人都热衷于养一只企鹅宠物,都想把QQ头像底下的图标全部点亮。木心先生《从前慢》的雅词在这样一个快节奏的时代里显得特别应景,即使我们高一的时候日色已

经渐渐变快了，一辈子似乎也会爱上不止一人，但你不曾想过之后的短短几年里，科技会发展得如此迅疾，迅疾到甚至不曾察觉，人们便无可救药地依赖上了它。从墨香信笺，到"古董"手机，再到触屏手机，我们恰恰经历了这场不带喘息的时代接力。

灏子便捧着这么个"古董"手机光明正大地和五班的心上人发短信调情，剩下的我们四个都铆足了劲儿兀自在被窝里打着手电看书。都是初出茅庐的新手，灯光还是调皮地漏了出去被路过的阿姨逮个正着。她顶着头卷发熟练地找到钥匙串上 525 房间的那把黄铜钥匙，利索地打开门，说教一番后很有气场地离开。

"也太倒霉了吧，第一次作案就被阿姨发现。"蔺洲说。

"看来我们得更小心些了，被子边缘得往里卷一个角。"

"明天还得让 Jojo 签字，这可难办了。"我啧了一声，重重地叹了口气。

兄弟几个商量着明天怎么和 Jojo 解释，聊着聊着思绪便发散开去，一发不可收拾，聊中考数学卷压轴题难倒众人的定义域，聊在学海中如何游泳（当年上海中考语文作文题是《在学海中游泳》），聊初中时代的第一次情动，聊埋藏在心底的美好初恋。

我和秦天、项宇都没谈过恋爱，津津有味听着两位"过来人"讲故事。虽然也不过是坐在水桥边赤脚沾了沾水而已，却已然羡煞了还在岸边踌躇不前的我们。体校虽然风气一般，却也没有江湖谣传得那么不堪。一旦走这条道，谁都想进县队再进市队，谁都有进国家队拿金牌的梦想。然而这一行似乎过人的天赋比辛勤的汗水更为重要，能进市队的概率便已和中彩票的概率无异，最后大部分体育生还是狂补文化课回归传统考大学的道路。

蔺洲拥有极佳的运动天赋，他是练长跑的，那会儿已然是国家二级运动员，大多数时候驰骋在红色的塑胶跑道上，操场也便顺理成章成了恋爱发酵的地方。这位男生心目中的"人生赢家"硬件设施出众也就算了，文化成绩也丝毫不逊于我们这些初中时候整天徜徉于题海的人，同时还经营过一段时间不长却也难忘的初恋。

灏子就更不用提了，那张人畜无害分外精致的脸庞不知毒害了多少小女生，我们关了手电听得分外入神。这是一片未知却急于探索的天地。所有人走过一场，回忆往昔学生时代，除了时间把题海的苦痛发酵出糖外，很大程度上正是因为悸动的美好掩盖了不堪的考卷才让我们无论付出多少代价都想回到那段流年。它是终年不谢的花，终生亦不萎。

我想到一个很可爱的画面,也许升旗台上那位义正词严说教着的校长在他年少时也偷偷给前排的姑娘写过情书呢。

因为不管父母和学校形式上如何打压、禁止早恋,却没有人能真正逃避它。就像那颗苹果,亚当和夏娃命中注定会选择偷尝。十几岁它就是情窦初开,衔着青橄榄的年纪。

"灏子,五班那姑娘,你是认真的吗?"

月光透过窗棂洒在灏子的床沿,他转了转身,泛着光的眸子像藏匿了一颗星星,看着我说:"嗯,我觉得是。"随即又背过身发短信去了,留下木质床板的一声"嘎吱"。

"不要讲话了!"阿姨的敲门声总是那么猝不及防,525寝室瞬间变安静了,跟着整座岛屿陷入了沉沉睡眠。灏子月光下那副认真的表情一直游荡在我的脑海,能把一个平时嬉笑怒骂的风流少爷突然变安静的,在那段时间里,除了他的亲人之外,或许只有五班的那个女孩了。

我想到了潇莼,她这会儿又在想什么呢? 也躲在被窝里解题吗? 也被闷出了一身的细汗吗? 我脑海里闪过的那一丝不忍……是心疼吗?

第二天一早,卷发阿姨贼笑着送来一张扣分单,上面用龙飞凤舞的草书写了几个非常好辨认的大字:"手电 -5,讲话 -5。"我这个寝室长悻悻地接过罚单,求情撒娇美男计一样都不好使,实在没辙便问阿姨有几个宿舍和我们一样。我期待从她口中蹦出一连串数字求得一丝心里慰藉。她又略显复杂地一笑:"扣 5 分的倒是有好几家,两样都占,扣 10 分的,就你们一家。"在高一新学期的第一周,这显然不是一个好消息。

然而,当听到阿姨用"家"来称呼宿舍的时候,我有些佩服眼前这位中年妇女了——她是个聪明人。我们很多人的集体生活始于这个"家",一辈子也就短短几年会住在这个"家"里。有很多声音批判我们 90 后独生子女是最自私的一代,没有兄弟姐妹交相争宠,从小在家都是王子公主,在本该学会容忍谦让的年纪我们却呼风唤雨,把一切物质上的得到看成理所应当。不得不说宿舍这个"家"存在的本身便是计划生育时代里关于谦让教育的一种有效的弥补,而宿管阿姨又是一份如此伟大的职业,她随意的一拼凑组合就决定了很多人一辈子最好的兄弟姐妹是谁。

这天的英语课前,我和兄弟们对视了一眼,被赶鸭子上架似的拿着罚单一步一铅地走向讲台前的 Jojo。

"第一个礼拜就这么不太平呢,525 的都给我过来!"

兄弟们便杵在黑板前站成一排,面壁思过。这是我有生之年第一次

被罚站,脸颊火辣辣地疼,只得用苦笑掩饰尴尬,有种沦落到了差生,做错了事的感觉。Jojo罚我们扎着马步做眼保健操,我这时才意识到昨晚我们寝室似乎是有些放肆。

"按太阳穴,轮刮眼眶"的音乐声一停,Jojo问我们道:"还敢不敢有下次了?"灏子也不知是本身轻浮还是觉得没面子想找台阶下,笑着回道:"无论你罚什么我们都愿意。"我心想这哥们疯了,你自个儿愿意可别扯上我们,教室里也嘘声一片,笑成一团。

就是这一句玩笑开创了我们班级寝室内务扣分需要写800字英语检讨的先河。从高一到高三,班里一半的同学都写过这样一份检讨。每一份Jojo都会耐心修改语法后返还我们,这看似惩罚的背后却也饱含了老师的款款深情,护犊心切。她经常说:"学语言应不放弃任何可以学的机会。"无论是学英语还是之后上了大学学德语,我用自己的亲身经历证实了Jojo这话无疑是句金玉良言。

新崇中学为奖励中考时的高分考生没去市区的其他重点高中,而是选择留在了小岛上,总分600分以上的新生每人发放奖学金2000元。而我601分的考分再加上"区县三好学生"这种虚名附加的5分,以总分606分一跃成为这届学子里的第二名,顺理成章成为学生代表之一上台去领奖。学校邀请了岛上每个初中的教务主任来观看这场颁奖礼,台下茫茫人海中我一眼便看到朝我微笑的初中老师。她使劲朝我挥手,我也朝她会心微笑。我第一次感同身受到这句话:今天你以母校为荣,明天母校以你为傲。

这个颁奖典礼过后我几乎便成了高一年级云端一样的人物,一切非我所愿顺水推舟的铺垫都在酝酿一场惨烈的猛摔。我一开始便觉得,这不是我要的高中开场白,哪有一直待在山巅的呢?人这一生恒处山巅和永在山脚一样枯燥乏味,山巅看不到细流如何涓涓,泉水如何淙淙,山脚看不到前路如何迢迢,林野如何渺渺,高低起伏才是人生常态,有我摔的时候呢!

（7）

　　学校虽然没有开设生理课,却也开设了一门专门针对高一新生的极有趣的课程——心理课。心理教室坐落于宿舍区边上。开设的原因也很简单,能考进新崇中学的虽然都是各自初中的佼佼者,但既然到了这里便站上了新的起跑线,过往的荣誉便是一阵袅袅云烟,随风散了,这里依旧会残忍地角逐出成绩排在最后一名的学生。无论以前多么风光无限,只享受属于名列前茅者的那份快意,到了这儿很有可能销声匿迹,默默无闻,徘徊在几百名止步难前。这巨大的心理落差越是钻牛角尖越是形同梦魇,越是需要开导,而每个孩子的自尊也都应被守护。你本灿若星辰,是别人眼中的光明,黑夜因此不再黯淡,不能因为皎洁的明月便否定了星辰,如若天际只剩那束月光,该是多么无聊。

　　记忆中有三节心理课印象颇深。

　　开学第一节课上,老师让不曾在初中母校担任过学生干部的同学举手,整个教室里寂灭无声,没有一个人举起手来。道听途说的故事掀不起心底的波澜,亲眼所见受到的触动才是鞭策。

　　第二节课上,老师给我们每人发了张纸,左面要求我们写下最近两个礼拜父母为"我"做的事情,右面是"我"为父母做了哪些事。当我快速填完左边的横线把笔触转移到右边时,思忖良久迟迟难以下笔,不是故事有多难描述,而是脑海里根本就没有故事,我不曾为父母做过哪怕一件值得说道的事情。他们真切地认为好好读书是对他们最好的报答,不需要我为这个家付出任何实质性的力气,我便真如他们所愿心安理得地啥也不干,我还真是够听话,够窝囊的。过了五分钟后,教室里开始出现零散的抽泣声,老师兜着圈儿悄悄发纸巾。这一节课比所有花样百出,名堂各异的孝课都来得朴实,但足以改变我们的一些想法并铭记一生。

　　另外一节则是堂趣味横生的"拍卖课"。假设我们每人手里头有一万元虚拟币,老师会在PPT上放出本轮的拍品,价高者得。起初竞拍的几样都是生活中具象的东西:豪宅,豪车,游艇,都被同学们以几千块钱的价格拍得。我们谁都想着一开始拍品就这么诱人那后边的东西肯定更好，多数同学还是一如中产阶级买房团，持观望态度。

直到电脑屏幕上出现了一件抽象化的拍品——自由，我的眼前顿时一亮。

1000，1500，2000，2500，3000……最后变成了我和七七两个人的竞价，五百五百地往上加。好一个"自由"，这件拍品是我这辈子想要追求的东西。我努力学习就是为了逃离"小岛"，为了不被那以温情为衣的羁绊所捆缚住，为了追求一段潇洒快意的人生，无论如何我都要竞标到底。

七七出了 7000 的高价，我继续出 7500。

"10000！"七七掷地有声地说。

整个班级都愣了那么一下，有同学发出惊讶和佩服的声音。我瘫坐在椅子上无力地靠向椅背，胸腔像瘪了的气球似的，通过鼻咽深深地长吁了一口气，迎向七七望过来的那道淡定而坚毅的目光，她怎么不按常理出牌呢？她不该出价 8000 吗？不地道啊！被她抢先了，这一次我是败给她了。

徒留后悔。即使是一场虚拟的拍卖会，我也是真心的后悔。正是因为深知在现实世界里我们人类无法能做到 100% 的自由，所以在虚拟世界里拼尽全力也要试着抓住它。

是的，既然如此明确自己的人生追求，为何还要斤斤计较有所保留。显然七七要比我想得更透彻。后来的拍品诸如"快乐""健康""环球旅行""长寿""爱情"等都被一万元满额拍出。你会发现一个有趣的现象："顶级钻石""南非金矿"这些具象的东西反而都以低于万元的价格拍出。

有的能拍到自己很想要的，有的收获了退而求其次的，但更多的同学没有收获，手里依然是那原封未动的一万元虚拟币。如果放到现在，邀请一个在职场和社会上摸爬滚打过的你再来参加这样一次拍卖会，你的选择可能已经和当初的有所背离。若是让年过古稀的老人参加，或许反而和孩子们的选择接近。这是不是很讽刺？生命极具讽刺，人们在自己画的圈里头玩得欢。

我还是会选择"自由"，并且刚出价的时候就拍下一万，一锤定音，倾其所有。

生命就像一座欢器的角斗场，我们既是围坐着的观众，又是亲自上阵的斗士。一群人聚在一起周而复始地自娱自乐，自诞生之日起伤疤就成了这座角斗场里允许继续存活的勋章，有的伤疤还在疼，有的伤疤结了痂,人这一辈子能治愈自己的从来只有理想。

　　我是候鸟,
　　人间逍遥,栖倚山涧草。
　　转世投胎成人,
　　羽毛遮挡了伤痕。
　　像人一样高傲,
　　像人一样偷生,
　　但不曾忘记我是候鸟。
　　过了春夏,秋冬活不了。

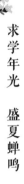

第二章　林荫对弈

(1)

仲夏孟秋时节,和学生时代悸动的心一样浮躁的还有魔都的"秋老虎"天气。瓦蓝的空中没有一丝云彩,喷泉池子里的水位又往下降了几分,藏不住丑陋的喷嘴。国内的学生宿舍楼长得很像欧美电影里的监狱,5个人蜗居在狭小的空间里,每晚有熄灯,有宵禁,有巡逻和检查。可是那天花板上袖珍的风扇却吹不散少年人身上旺盛的火气。

"学语言应不放弃任何可以学的机会。"Jojo课上那句几字箴言,让我们像打了鸡血一样。

"兄弟们,我们要不要在寝室里用英文交谈呢?"秦天这么建议道。

"可以啊,不错的主意。"哥儿几个听了都很来劲。

后来,男寝525经常能听到这样的对话:

—Don't occupy the bathroom for too long.

—OK, easy dude, just one moment.

以及,

—it's really hot!

—Come on guys, pick up your basins.

这最终会演变成一场惊动校领导的大暴动。宿舍空调线路的总电源是宿管阿姨控制的,没有她的权限屋里的空调就仅仅是件摆设。不锈钢脸盆敲击阳台栏杆发出的震耳声会以不可控的速度传到宿舍区的每个角落。犹如一场揭竿而起的起义，一呼则百应，同学们总能默契地群起而击，所有人都在无意中给彼此壮了胆。在学习方面，或许每个人在被询问学习情况的时候都会有所保留，耍耍小心机，甚至彼此之间偶有嫉妒并不齐心，然而在宿舍区的日常生活方面，却能很好地诠释什么叫作"团结就是力量"。那鸡飞狗跳的情景像极了喜剧电影《功夫》里的旧社区，熙熙攘攘喧嚣繁闹。宿舍区在校园的西北角，旁边就是嵌满了玻璃碴儿的围栏，再出去就是校外的大马路了。那些恰好路过的行人是不可能错过这一场别开生面的抗议活动的，像免费看了场戏似的。

阿姨就这样被逼着走出位于底楼的科室，用她犀利的目光扫视一圈："吵什么吵？造反吗？"她的声音很响亮，顶着那一头蓬松的卷发气场很强。一开始的时候，我们这些高一的新生会马上蹲下来把头缩回阳台，生怕这事闹到班主任那里检讨肯定少不了。几次过后，发现高二高三的前辈们丝毫不惧，直面楼下炸了毛的阿姨齐声大喊："开空调！"一个人的音量比不过阿姨，一群人难道还比不过吗？我们也就狐假虎威似的渐渐被锻炼成"老油条"了。

每次抗议的时候我也会去阳台那充充场面，装装样子，看看热闹，但并不会真的抄起不锈钢脸盆像其他哥们那样人来疯似的敲击。因为住对面女生楼的潇莼也只是在观望，我希望自己在她的眼里永远是彬彬有礼的我，我希望自己的与众不同会被她捕捉到，能吸引到她哪怕只有一点点。我只会远远地望向她，偶尔四目相对的时候她会朝我招手，我朝她浅浅地笑。

卷发阿姨面对我们的闹剧一般会有两种解决方案，其一是心情不错的时候会去打开空调线路的总电源，另一种则是直接打电话给学校值班领导。几分钟后，副校长便会带着三五个保卫科的保安浩浩荡荡走进宿舍区。

可是我们懂得迂回战术，等副校长带着保安一离开宿舍区，消停了几分钟后，总会有人带头继续敲打，就好比灏子，在阳台上敲得更起劲儿了。这下阿姨也没辙了，总不能一晚上三番五次地去打扰忙碌的副校长，便给我们开上个把小时了事。

（2）

对于考进重点实验班的我们来说，每个人都有考上清华北大、复旦交大的潜力和决心。学校为我们配备了全校最优质的师资队伍，而我们这群不懂事的学生似乎并不以为然。

别以为进入重点实验班的都是学霸和疯子，也有可能是学神，是那种才写了两步解题步骤就能得出最后答案的学神。很想敲开他们聪明的脑袋看看里面是怎么长的，拿着他们的作业本连借鉴也是奢望，这都什么玩意儿？怎么就直接得出结果了呢？可纵然是受人仰视的学神，和老师的关系也是场明暗交接的对弈。

刚开学那会儿的晚自习安静得连前后左右邻桌的呼吸声都能察觉，教室里针落可闻。二班的对面是一班，另一个旁人眼中神一般的重点实验班。所谓一山不容二虎，我们两个班级彼此暗暗较劲，谁也看不惯谁。短短两个礼拜后，二班就忍不住原形毕露了。我们班级里性格活跃的同学占了不少，而且正好分散在了不同的组别里，形成了一个个说话圈子。我、灏子、七七和木子就是其中一个圈，有时候晚自习上一旦起了个话题就停不下来了，夹杂着互开玩笑似的吐槽，怼着怼着兴致就更昂扬了，七七被我怼得哑口无言的时候还会下意识地轻拍我的后背。值班老师会像野外无声悬浮的幽灵一样，你永远不知道他们什么时候已经悄悄地在教室后门外站着了，整个班级被一览无余。他径直走过来严肃地说："讲话也就算了，还在这儿打情骂俏呢！"几天后，二班各说话圈子之间互相侦测的雷达灵敏度配合得极好了，但凡有一个小圈子突然不说话，立刻会像多米诺骨牌带来连锁反应，都不用多此一举地回头就知道是值班老师来了。高一的第三周结束时，二班竟然被副校长点名批评，晚自习的纪律比一班差也就算了，竟比其他的十多个平行班都吵闹，这成何体统。

说话归说话，吵闹归吵闹，我们的自我感觉都挺良好，总带着一份属于重点实验班的优越感，觉得晚自习上那了无人气的一班都是群死读书的；觉得自己功课好像也没有落下，文武之道，一张一弛，二班这样轻轻松松上晚自习反而成巧了,不过是被值班老师说道一番或者在值班册上签个名字而已,无伤大雅。Jojo很宠溺我们,在副校长公开批评二班后只向我们说了一句话:"如果你们月考成绩很理想,晚自习想说话讨论,小点儿声我可以允许。"

月考的结果把校长都吓了一跳。第一次月考我在班里考了第16名,在重点实验班的40多名学生中能考进前20,按道理是个不错的成绩,然而我的年级排名是128,也就是说班里考进年级前100名的只有十几位,还没某些平行班的人数来得多。班级每一科的平均分都低于一班,所有任课老师包括校领导都紧张了起来,心里嘀咕着这一届的二班是怎么回事?每一个都在中考时超常发挥了?

Jojo那会儿顶着的压力一定很大,然而她依然佩戴着美丽的钴蓝色发卡,在讲台前温柔地看着我们,并未厉声责备,只是以一种十分平静的语气说这次我们考得很不好,要我们继续努力。教室里安静极了,只有那没有眼力见儿的风,将书本撩拨得哗哗作响。同学们都有很强的自尊心,马上收敛了,学乖了,并立志在期中考试时"赢回场子"。

十月初的二班回归了刚开学时安静的状态,坚持了两个礼拜,十月末又忍不住了,就好像两周便是我们的极限似的。和值班老师的对弈继续上演,说话讨论聊天是在所难免的,只是大家伙儿的声音确实小了不少。期中考试考下来我们班也许是正常发挥了,也许是因为真的下功夫了,总平均分位于年级第一,捍卫了重点实验班的地位。

然而我还是没考好,甚至比月考还糟糕,在年级里排在了230名。在这个600多人的集体中,1分之差就可能相差好几个名次。我在这次考试中各科都有若干不该发生的莫名其妙的失误,怎么会写错呢?会做的题写错,好不甘心呀。回想起开学时作为学生代表上台领取奖学金的那一幕,如同一记见血的耳光扇得我瘫软在地。这一晚是我进入新崇中学后第一次流泪,特意待教室空无一人之后才缓缓地近乎机械地背起沉重的书包,独自走在去往寝室的那段绵长小径上。双手插进裤袋里面触碰到了冰冷的手机,突然觉得自己不再是好孩子了。拖着身躯来到了熟悉的十字路口,掏出手机,怎么办呢?这个电话打还是不打?

还是要打,也必须坦诚自己无颜的考分。

拨通电话的瞬间,一股寒风透过薄衣,针刺般啃噬着我的皮肤。

"嘉嘉。"

"妈……我考得不好……对不起。"

"凉席收起来了吗？天凉了，最近感冒的特别多。"

"嗯，知道了。"

"别想考分了，积极点哦，再见。"

挂断电话的瞬间我虽强忍着，却也止不住泪流满面。母亲这么晚开着手机，一定是在等我的这通电话。迎着风我继续向宿舍方向走，周遭无人，何必掩藏。这股暗夜里的寒风很够义气，不断擦拭我的泪滴，哭过之后，纷繁的思绪又带我回到很多以前的故事里去。

……

"外婆，东边的邻居养了很多狗，我骑车过去时它们都会扑咬过来，那阵仗太吓人了。"

"我送你。"外婆说。

于是，我推着车，外婆在旁边，祖孙两人并肩着一起步行。我原来已经高出外婆一个头了，岁月的魔法神奇得让人难以置信。我好像从来没有和外婆这样独处过，有这样一位阅历丰富的老人为伴，我心里踏实，感觉昏暗的夜路很安全。平日里东边邻居家吠声不止的狗子大概早已熟悉了外婆身上的味道，今天晚上它们格外安静，只是慵懒地匍匐在空地上，只是翕动着小耳朵，连脑袋也懒得抬起。

"嘉嘉，用功一点。隔壁的张妈总夸自己孙子多好多好，外婆也想要一点名气啊。"

我沉默着点点头……外婆从小到大没有担心过我的学习，这话我听她以前经常说予表哥听，可突然对我来了这么一出，让我的心头不禁迟滞了一瞬。外婆是从母亲那儿听说我的学习成绩大不如前了吗？月光将我们的影子拉得好长好长，在水泥路上不断晃动着，那条东边的小径也很快走到了尽头。

"从这向东，应该没有人家养狗了。"

"外婆您回去吧，我走了。"

"过桥时下车推啊！"

"嗯。"

我再也没有回头，因为知道那双皱纹深陷的眼眸一定正目送我的离去，四目相对多么尴尬，中国人不喜欢这样，我也不愿意让外婆看到我噙满泪水的眼睛，在月光下泛着光，很醒目。

思绪收回来的时候，呆站在宿舍楼下路灯旁的我且听风吟：嘉嘉，用功一点……

我的身上寄托了那么多人的希冀,承载了好多我并不喜欢的期盼,想甩也甩不掉。我觉得过去收到的那些疼爱都像是有代价似的,而这代价我已在偿,它们张牙舞爪地围了我一圈逼着我偿。没考好试,唯有抱歉。我不记得那天晚上我还辗转回忆了多少往事,我只记得入眠前给母亲发了条短信:对不起,我也可以很好,给我点时间,别担心。

　　当母亲看到这条信息后会怎么想呢?

　　眼泪还是顺着脸颊钻进耳孔,沾湿了鬓角,最后滴落在了冰冷的凉席上。十月的秋季天气的确转冷,是到了该换凉席的时候了。

　　早上6点半开机的时候,收到了母亲5:43分发来的信息:压力不要太大,爸爸妈妈相信你能行的。

　　一直到我大学毕业以后,有一回堂弟考试没考好闹脾气,我们宽慰他时,母亲还提起这事来鼓励堂弟。她还能一字不漏记起我发的短信内容。

　　"没想到您还记得。"我看着母亲说。

　　"那当然,有些话是不可能忘记的。"母亲回答道。事实上我也一字不落地记得母亲发的短信内容。

　　有家人共同背负某段回忆的感觉真好。我们从来不是完整的我们,那些回忆是我们的分身,自己若把分身弄丢了,还有人能帮我们找回来,即使不找回来也是在别人的脑海里替我们保存着,生命的厚重超越了眼下这具单薄的躯体本身。

　　母亲竟还记得。可我也突然意识到,连这不经意间无关痛痒的一言母亲都记得一字不差,那些青春叛逆期里言不由衷的刺痛对白该是多么深刻。那些曾深入肉骨的钉子需要多久才会消弭于无形呢?

（3）

　　像 Jojo 这种性格的老师总是喜形于色，喜欢和学生们打成一片，而有些老师则不怒自威，生人勿近。施老师是一位在上海化学界享有很高名望的老教师，常年被邀请进入高考试卷出题组，我们是他退休前带的最后一届学生了。他开学第一天进门上课的时候，没有任何多余的寒暄或者自我介绍，也没有长者常有的微笑或者慈眉，直接把书本往讲台上大刀阔斧地一扔："上课！"几分钟带过那几个原子模型，一下子便讲到了微观层面的原子、离子、质子和中子。"完了，这老师不好相处啊。"开学第二周的周一便是毫无准备的随堂测验，考下来可想而知班级里一堆不及格。施老师黑着脸讲解完卷子后，语气突然缓和温柔起来，他摘下厚厚的眼镜置于落满笔灰的讲台，语重心长地跟我们说："刚开学就给你们一个下马威是要告诉你们，别以为考进了新崇中学，进了重点实验班就万事大吉了，所谓的重点实验班，每届都会有同学连二本都没考上的，做学问需要踏踏实实，千万不能骄傲。"

　　原来是这样，一瞬间我们便原谅了他先前的故意冷漠，老师用心良苦了。

　　施老师用他的实际行动告诉我们这刚开学的见面礼绝不算是一份大礼。往后的日子里我们会有比平行班多得多的试卷，寒暑假的时候他会免费赠送我们额外的参考书，没有同学会好意思到对此置之不理，束之高阁，只得埋着头奋笔疾书，认真做完，施老师的这一招可太高明了。而当有同学忘带试卷或者找不到试卷的时候，他会毫不留情地严厉责备。这是我们这群顺风顺水的尖子生从未经历过的事情。某种意义上说，没有被他训诫过的高中时代是不完整的。高中三年，我也同样被他深邃的眼神深深地灼痛过。

　　施老师说，一个班级成绩的好与坏从有多少同学找不到试卷就能看出来，这属于班级作风问题，时常丢三落四的不可能会考出好成绩，松懈的作风是下坡路的开始。

　　简简单单的道理我们都懂，可是平凡生活就是这样，很多东西当你不需要它的时候就在眼前顽劣地晃悠,而当你需要它的时候却玩起躲猫猫来了。离开父母自我独立的过程需要时间,杂乱无章的书桌总有一天会像杂乱无章的生活一样被理清。但是在理清之前,无助的双手和心绪会被那双坚定的目光浸染过、穿透过、淬炼过。我这一生或许会忘记学生时代里这样那样的褒奖,但绝不会忘记那道有时依然会闯入梦境的目光,浑浑噩噩梦醒的时候长舒一口气,好在我离那个记忆里的课堂已经很遥远了。

"你的卷子呢?"那天施老师指着我说。

"铃铃铃。"

就在这时老师的手机铃响了,往日遇到这样的情况他会对全班先说一声对不起,这次却未曾有多余一言,便走向教室外接电话去了。我依旧埋头在堆满了书本的桌肚里找寻试卷,企图以自己努力的身影换回它的突然闪现。灏子则一把拎起我桌背上靠着的厚重书包,往里头仔细翻找。我的余光捕捉到了同窗们递来的那一双双满是同情的眼眸,七七小声询问我找得到吗,我像认了命似的摇了摇头。

破天荒的,施老师重回教室后像忘了我这茬似的,直接开始继续讲解试卷,并未如往常那样一顿劈头盖脸地批评说教。熬到下课后我转过头对七七和灏子说:"那通电话救了我一命。"

"还真的是。"七七回我。

如果说没有被他训过的高中时代是不完整的,当时的我一定宁愿自己的高中有残缺。后来的后来,我依然偶尔会落下东西,找不到东西,但我知道如果成长中少了那道目光,我的生活或许会比现在更加杂乱不堪。

广播操结束后的上午第三节课往往时长上会打些折扣,因为从操场到教学楼有一段漫长的路途。但是每周三的广播操退场后,二班的同学都会飞奔回教室,倒也成了学校一道特立独行的风景线。没错了,这必然是施老师调教的结果。他的身材很高大威武,曾经是一名军人,退伍后阴差阳错迷恋上了化学,一步一步努力达到了今天的成就。他对我们的要求和管理即使在他退伍那么多年以后依然留有一丝淡淡的部队痕迹。整个班级的同学都敬重他,也有那么一丝惧怕他,上至学神一样的班长,下到灏子这样的混球,无一幸免。

所有重点实验班的同学都不会忘记施老师的凌厉目光,和他言传身教的力量。偶尔在同学聚会的餐桌上聊起往昔,美好的少年们早已没了

年少时的稚嫩和青涩,有的只是经受了社会阅历后的淡然和释怀。我说,真不可思议,都毕业这么多年了我有时还会梦到施老师的课堂,他站在门外捧着一沓厚厚的试卷,我们每进去一个,便拿上一份。同学们竟纷纷应和,他们也做过类似的梦。

（4）

随性是个褒义词吗？我似乎就是一个很随性的人，不知这是好是坏。可我总觉得人生就是应该随遇而安，知足常乐，就像教室外墙青郁的爬山虎，楼顶有楼顶的风景，一层也有一层的风情，在不玩脱，不影响大局的前提条件下，这奔涌而前的生活理应怎么舒适怎么过。十七八岁的少年人心里已然有了把尺，丈量自己不断被刷新的底线究竟在何处。如果我觉得眼下这事花费三天便能搞定，便绝不会在 deadline 前第四天急着下手。时间本该是有触手的，人们本该能感受到它拂过寸寸肌肤，缓缓流逝的温柔，可如果接纳了外界的快节奏，很难不默认它也是你生命里的常态。学生时代里，我无比欣慰的地方在于喜欢并做到了自己把控学习的节奏，没有像一具冲锋的做题机器，复读机一样机械地上学。我自诩在内心深处，从来都不是一名如表象这样看上去乖巧的学生，我的性情也无法准许我即便再兵荒马乱也不能丢盔弃甲，按部就班地随波逐流。我和其他学生一样对应试本身全无好感，也不一定会按照老师希望或教导的方式去吸纳新的知识。

高三的时候我们每天都会默写学校英语组编制的那本《英语词汇手册》，规律的日子被局限得如同拷贝粘贴一样。经过高中前两年的学习积累，我对自己的英语语感满是自信，不再会花时间去背诵词汇手册上的各种固定搭配，通常只是英语课前的课间急急忙忙打开手册扫一眼，默写的时候往左邻右舍的纸上瞥一眼就过去了。运气好的时候能勉强过关，运气不好的时候 Jojo 天天追着我跑。

我最心仪的学科恰恰正是英语，对语言的喜欢或许算是一种天赋。东西方之所以会出现误解，排斥，甚至断层，最大的原因是交流的缺乏，意识形态的冲突。企图接纳对方，互相了解是第一步，学习语言是学生的唯一途径了。我单纯地觉得如果未来有一天能和金发碧眼的外国人无障碍交流，拥有一群真心实意的外国朋友，去国外的时候也能有落脚点，这是一件特别酷的事情，我想告诉他们中国不止北京的长城和四川的熊猫，不止麻婆豆腐和北京烤鸭。

语言是这世间繁荣文化缔造的过程中最基本的元素构成，我花了成倍的时间去背诵英语四六级单词，颠三倒四地观看英语脱口秀视频，前者为了扩充词汇量，后者为了训练语感。我甚至觉得自己对此达到了近乎痴迷的地步，每个陌生的单词后边都有经过查阅的标注和例句。四六级单词书我走哪儿带哪儿，小小的却厚实的一本书永不离身，就连过年回乡下走亲戚，大伙儿在牌桌上热火朝天地打麻将，我则寻一处安静的房间翻看这本书。

　　就个人经验而言，这个好习惯的成效非常明显。Jojo偶尔上课突发奇想到一些词汇比如："哎，你们知道配偶用英文怎么说吗？"我淡然地脱口而出"spouse"，这声音因为教室里的静谧显得格外清晰。诸如这样的事情发生了几次后，我就被同学们冠上了"词汇王"的称号。

　　"你是不是所有单词都认识？"项宇推了推鼻尖上的黑框眼镜问我。

　　"哪有的事儿啊，只不过恰巧认识而已。"

　　这点小得意让我信心大增，为了捍卫这个头衔变得更加刻苦努力了，形成一个英语学习的良性循环。而让我更欣慰的则是在考试做阅读题的时候，我经常一目十行地读下去通篇顺畅，解起题来自然就得心应手了。

　　到了高三下学期的时候，Jojo见我默写成绩不尽如人意，又知道习惯已成，很难改变我的想法，追着我跑也无济于事，只能时不时前来叮嘱："诗嘉，你现在的词汇量已经很丰富，语感也很不错了，但别为了追求高级词汇而忘记最基础的东西，《词汇手册》上面的搭配正好能帮助你弥补这一点，每天还是要翻上一翻。"

　　高中毕业后我几乎把所有的书本都送给了亲戚邻居家的孩子，那些质朴的家长接过书时就像捡了宝藏似的，还不忘奉承几句，又转头对着他们的孩子道："要像你诗嘉哥哥学习，也要考上大学。"可我依然珍藏着那本四六级词汇书舍不得赠送出去，上面写满了标注和例句，圈圈画画，写满了青春岁月里的信念和狂热。

（5）

　　父亲是复旦大学中文系毕业的,刚回岛教书那会儿,每个月的工资只有几十块钱,家里穷得连娶母亲的钱也没着落。爷爷奶奶东拼西凑才凑够了分别给父亲和大伯盖平房娶媳妇的钱。读书人有属于读书人的傲气,父亲对爷爷奶奶说,可以少打一套桌椅,却不能没有书橱。时过境迁,此去经年,平房早就被拆敲成砖屑,摇身一变成了二层小楼房,家具早就更新换代了,然而父亲的旧书橱依然在,重新上了一遍淡乳色的漆。从以前只占据客厅一隅变成拥有专门的独立书房,父亲对它的感情很深,里面摆满了他学生时代购买的书籍,老旧的早已泛黄的书页,末页写着每本只要几毛钱。

　　对于中文,我没有过深入的研究,但我总觉得中文是全世界最美妙的语言。那么多笔画拼凑出一场堪比《达·芬奇密码》般复杂而又顺理成章的文字盛宴,那么多纷繁的词汇组合成诗成词成曲成段成章,你读来会出于本能地感受到其间蕴藏的意境之优美,世间风雅之事,阅读便是一种享受了。

　　我的孩提时代五岁之前的记忆基本上都已遗失,能留下的哪怕只有残花碎影也足够深刻到一生相随。我识字是从很小的时候开始,还没上幼儿园,整天搬着一张小板凳在院子里玩泥巴的年纪,像和面粉似的揉成不同的形状,可那会儿的爱好之一竟是认字和徒手画圆,不知道这是否和我父母分别是语文老师和数学老师有关系。我经常吵着父亲陪我认字,我坐在他的大腿上,他来书写,我来辨认,我觉得与父亲同享这样的亲子时间,从他那里得到如此直观的知识传承,这是件非常神圣且有意思的事情。

　　开始写日记是在三年级的时候,简单的字基本上认全了,一件事也基本能完整地表述出来。突然有一天晚饭后,父亲对我说:“从今天起你开始写日记吧。”

　　拒绝是本能反应。父母亲给我递来一本崭新的红色封面的记事本,翻开到了第一页,他俩似两座门神似的坐在我左右两边。我开始号啕大

哭,不想写也不会写。小孩子不懂事,眼泪是为数不多的武器了。我以为示弱能达成目的,以为眼泪能让心软的母亲帮着我一起反抗父亲,没想到他俩一起晓之以理,动之以情哄骗我提笔。

从写下天气,日期那刻起我就已经妥协,或者说入套了。

抗争是无果的了。爷爷奶奶也不在身边,我没有武器了。

"可是我没什么好写的啊。"我一边继续抽泣一边含糊其辞地抱怨。

"写啥都行,你回忆一下老师上课讲了些什么,回家路上看到些什么都可以啊。"父亲引导式地说。

我是边抹着眼泪边写完第一篇日记的,短短几行,写的大概是放学回家路上碰到了同村的大哥哥,他骑着单车,和我打了个招呼,我走在路上看到他的身影渐渐远去。

"这不就写完了吗?这不是写得很好吗?"父亲夸了我。

"这就叫日记了吗?"我反问。

父亲的鼓励在我的心头种下了一颗种子,这颗幼小的种子叫作自信心。

后来写日记的习惯一直保持到初中,厚厚的几摞日记本堆满了书房。随着课业逐渐加重,我才渐渐告别每天动笔的日子;写日记的习惯逐渐切换到随笔上去了。我喜欢在作文本上写很多心情很多生活感悟,每周五语文老师会布置一篇周记,待到周一的时候别的同学交上去的只有两页纸;而我积累了一个星期的文字,总有个十来页。我非常感谢我的初中语文老师,每一篇他都会读,用心地写些评语,虽然我写随笔根本不是为了获得他的褒奖或者肯定,我只是纯粹有很强的倾诉冲动,但是后来我变得期待周记本发下来的那一刻,看到他赞赏有加或者语重心长开导性的评语我会觉得很知足。

初中毕业后考进了新崇中学,我依然保持着这样的习惯,以至于这本书里的很多片段都是那会儿零零碎碎记录下来的,习惯一旦养成想扔也扔不掉了,真就成自然了。我真切地觉得自己的求学路上一路都是幸运的,高中语文老师方一燕同样是位性情中人,喜欢阅读我大量的随笔,能成为语文老师的人大概多数都是感性的吧,心细如丝。有时候她布置的作文题目我不喜欢,就会交一沓随笔上去,她也默许我这么做,我俩心照不宣。

那会儿社会上出现了好几则年轻人搀扶老人后反而被讹骗的新闻,课上方老师问我们倘若看到老人摔倒还会义无反顾地前去搀扶吗?我举了手,环顾四周,举手的同学还不够一只手的数,我看着静默的同学们忍不住开口问:"你们是疯了吗?"转而回头我望向方老师,老师也望着我,她的眼里满是落寞,和我一样。落寞源于冷漠,我们身处的环境何时变得如此冷漠,学生尚且如此,那更擅长趋利避害的大人们呢?可生活明明应该极具温情才是。我望着方老师,觉得她和我是一类人。

因为脚上血管炎的缘故,有时候体育课我会请假,利用这些自习时间去方老师的办公室阅读她制作的剪报,从中摘录自己心仪的语段或者观点。她有好几本剪报,这是她的学习习惯:把报纸上好的文章剪下来,贴到某一本本子里。我在方老师的办公室一待便是一堂课,也许在其他同学眼里是很异类的行为,甚至时过境迁,现在的我也会惊讶于曾经的自己竟然这样干过,这是发自内心的对文字的热爱啊!

我打心里觉得学习语文最好的方法是观察生活本身,所有的素材和共情均来源于我们习以为常的生活。人与人之间的信任是相互的,后来方老师对我越来越纵容,放暑假前我找到她说:"语文暑假作业我就不写了,我写随笔好不好?"

"没问题。"她说。

待到开学收暑假作业的时候我交上去厚厚的一本随笔,课代表疑惑地看着我,我说:"方老师知晓的,你交给她就是了。"我打心里觉得写一些对生活的真实感悟,对生活的关照远比写一篇条条框框的作文,或者做几篇阅读题有意义得多。不是说做阅读文章的题目没有意义,我只是更喜欢认真细读那些文章,自己去品味行文中作者可能想表达的意境和情感,而不局限于机械地做题,"形象生动地写出了""补充交代了""推动故事情节的发展"……这些字眼冰冷得像一条条亘古不变的公式,没有人情味儿,语文怎么可以没有人情味儿呢?

然而关于古诗文,我会很认真地听方老师课上讲解,也会做到通篇理解透彻,但我又任性得不喜欢背诵,对于古诗词默写我通常是课前突击背一下其中的经典名句,就和应付英语默写一样。所以可以想见的是,平时的古诗词默写我会是重点实验班里为数不多不通过的人,唯一一个经常不通过的人。

对此我丝毫不以为意。有一回我抽午休的时间去方老师办公室重默,她不仅给我递来她刚在食堂买的肉包,还给我洗了个苹果。我自然受宠若惊,心里既有小幸福又有些许愧疚:"这搞的……这……这怎么好意思呢?"方老师是摸透了我的性子,故意放这一大招吗?

"吃吧，下次再重默的话你得请我吃苹果了哦。"她笑得很灿烂，对我这么打趣地说道。本意应是玩笑，但我却记得很牢很牢。

再次去办公室重默的时候，我特地买了个苹果带过去。

"你还真给我带啦。"她笑着接过苹果，"去默写吧。"

我曾以为是从那一刻开始我和她不再是师生关系，而是朋友。可现在细细想来，向我抛出橄榄枝，打开少年人多愁善感心扉的，却是我自愿和她分享青春故事里的随笔。而从她认真阅读写评语开始，我们就已经是朋友了。

从小我们就被这样灌输："老师不仅仅是老师，更是我们的好朋友。"很长很长的一段学生时代里我都觉得这就和"上学很开心"一样是句唬人的假话。即便再亲密的师生关系，也不免会有隔阂，很难像对待朋友一样去对待老师。直到遇到了方老师，上她的语文课是一种享受，我不仅仅局限于去聆听她课堂上的教诲，她关于时事文章的评论讲解，也会观察她的肢体语言，她脸上的微小表情，她一时想不起来该怎么组织语言时的害羞和小尴尬，我就像局外人般，会去品鉴她这堂课上得是否成功。

做方老师学生的那几年，即使是再隐私的少年心事，或者泛滥的情感，我都没有因为难以诉说而觉得孤独。方老师就像我的精神笔友一样，有她的陪伴我感到幸福。或许每一位学生都在等待生命中的方老师，就像雨落初霁那绚烂的霓虹，所有空中的水蒸气，都在等待一抹照出自己真身的斜阳。

（6）

在那个过分注重应试的年代,我的初中母校和许多其他学校一样,
副课几乎形同虚设,都主动让道给了自习或者语数外理化,学校的教育
方式是永远跟着应试方针走的。很长的一段时间里我对副课不屑一顾,
虽然身为班干部,也不好好带头听课,而是自顾自做手头上的事情,或
者写主课成堆的作业。然而到了我们这届高一的时候,上海突然宣布高
考改革,取消高考的综合考,而用高一至高三期间的会考来代替。这个
会考具体承担着多大的作用官方也未作明确,学校间众说纷纭,有传言
只有会考成绩得到多少个 A 等才有资格参加名牌大学的自主招生考试。
高一暑假那会儿会考考的是地理和信息科技,我得了两个 B 等。Jojo 还
特别紧张地给我打来电话让我之后的副课好好学,如果不能参加名校的
自主招生考试那就太可惜了。

对于未能得到 A 等我自然高兴不起来,但也没有特别放在心上。
会考既已开始,而官方政策还未公布,如果等到了高三真的规定各科不
全得 A 等就没资格参加名校自主招生考试的话,家长们肯定会自发去
集体抗议的。到了高二那年暑假,一下子有四门科目需要会考,其中的
历史是我最差劲的一科了。

我的历史老师姓苏,是位从上海华东师范大学刚刚硕士毕业的女
孩。她为人真诚,也很努力,不像别的女老师总挎着时尚的包,她永远
拎着一个布袋,那种商店里买了东西以后赠送的布袋,教材一股脑塞里
面,朴素得依旧像名学生。虽然她讲课和物理老师一样催眠,很难让人
不打瞌睡,但她年轻,身材高挑,仅虚长我们几岁,同学们能从她不连贯
的措辞中间看出她的经验欠缺,便意料之外地催生出了极强的代入感:
倘若我是讲台前的苏老师,看到底下学生们打着瞌睡,心里该是极为难
受的吧。这份同理心反而让我们对她极具好感。有一回全年级的历史
测验中我考了班里唯一一个不及格,仅得到了 58 分,难免有些不好意
思,十几年的学生生涯里,这是我唯一一次考试不及格。公布成绩那天
天气很冷,学校的喷泉池都结了厚厚的冰,我戴了一条白围巾,打扮得

跟电视剧里的主角似的。

苏老师总喜欢在课间就走进教室和我们随便聊一会儿。

"围巾不错啊,很帅气。"

她还不知道两个重点实验班里唯一一个不及格的其实就是眼前的我。

"谢谢老师。"我羞赧地低下头略显苦涩地笑,这句夸奖把我整得更不好意思了。

课上,她果然抛出了问题:"这次考试我们二班竟然有一位同学考了不及格,站起来让老师认识一下好不好?"

我和灏子对视了一眼,他扯了下嘴角,一副兄弟我帮不了你的表情。我苦笑一声慢慢站了起来,像一个用肥皂水吹出的泡泡,本悬浮着游离出七彩光芒,却"嘭"的一声破灭了。

"原来是你啊,你就是诗嘉,以后好好学噢,到了高二历史也是要会考的。"

"嗯。"我应了声。

高中历史一共六本书,从世界史到中国史,从古代史,近代史再到当代史,上下几千年的信息量记得我脑袋昏昏沉沉的。我开始认真听课,主动去历史教研组办公室问问题,问解题思路。最后凭借刻苦努力如愿在会考中得到了 A 等。考完之后便再也没主动触碰过历史了,依靠短时记忆印在脑海中的大事年表一件件的以非常快的速度被遗忘。有人打趣说高中是人一辈子知识面最广的时段,这真的是对应试教育杀伤力十足的一记讽刺。

然而在毕业很多年以后,我愈发深刻地意识到历史素养的重要性。不在于引经据典,谈吐时舌灿如花,而是把历史馈赠人类文明的教训照进现实,当人类关照现实的时候,历史是绝佳的思考来源和智慧来源。当我于若干年后站在历史书上的那些名画真迹、名人故居前面却怎么也记不起它们的文化背景时,是件多大的憾事。踏上工作岗位后,我越来越觉得自己历史素养的缺失,而又隐隐觉得,历史素养缺失的人多多少少会展现出精神世界的贫瘠。每每在某些重要场合的洽谈中接不了话,更不谈插进话去了。

第三章　音律

(1)

你喜欢唱歌吗？

你喜欢听歌吗？

你知道吗？音乐最美丽的时候，不是失恋后它能给你带来勇气治愈你的某段忧郁时光，也不是在你潇洒快意时充当情绪锦上添花的翻译者。音乐最美丽的时候，是在你平心静气麻木地行走，以为生活就该这样下去了，可某段熟悉的旋律突然响起在你的耳根，你突然忆起这首曲子曾守护过你失恋后的那些辗转难眠的深夜；想起这段旋律曾陪伴过把酒临风，肆意酣畅的你。

音乐最美丽的时候，就是它让你和曾经的你在这个时空进行对话的时候。

学生时代烙刻进骨子里的歌曲记忆，多得不胜枚举。每个时代有每个时代的赞歌，组成这代人共同的青春记忆，这一方时代里的你我总喜欢把这些歌词抄写进本子里，一行一行认真誊写，像干一件大事似的，又像只是在制作一本简约的手账，还缀满了涂鸦。父亲总会时不时哼唱齐秦的《大约在冬季》，我觉得这歌过于有年代感了，就跟父亲书橱里那些发黄的书籍一样古老，直到我发现自己哼唱的那些周杰伦、五月天的歌，竟也是好多年前的专辑了，而现在网络上新出的歌曲竟是一首不熟。

从我们这一辈的高中时代起，中国的电视市场从小荧幕电视剧向遍地花开的综艺过渡，不再是《快乐大本营》一家独大。第一季《中国达

人秀》播出的时候创下过惊人的收视纪录,无臂钢琴王子刘伟的倾情演出感动了整个中国,他着一袭干净的西装,在舞台上用灵活的脚趾弹奏了一曲《You Are Beautiful》。项宇每天都在哼唱这首歌,每次都重复哼唱副歌部分。

You're beautiful.You're beautiful.
You're beautiful,it's true.
I saw your face in a crowded place,
And I don't know what to do,cause I'll never be with you.

我常常躺卧在宿舍的床上,听到走廊外项宇由远及近的歌声,听得多了,这歌总会不经意间在脑海中闪现,赖着不走似的怎么也挥之不去。那时候我觉得甚是烦扰,比如英语听力考试的时候我总是需要花费好长一段时间去做心理建设,才能将它从我脑海中驱散,让自己重新切换到考试状态。

对于我来说,如果《我要的飞翔》是后初中时代的一曲云中歌,《You Are Beautiful》则是准高中时代坠地时的丧乐。整天听这首歌的那段时日恰是我高一成绩首秀不堪的荫翳天。

旋律悠缓,愈听愈怆。

月考和期中考那连续两次很不理想的成绩让我很不痛快,我果然不够优秀吗? 高一开始的这小半年是我高中生涯里最无助的日子。或明或涩的心情常被一纸考分左右,也无颜面对待我如子的各位恩师,课堂上四目不小心相对的时候我总想闪躲回避。每天最期待的时光是熬完一整天的课,回到寝室躺在床上什么都不用想,听着随身听里的深夜电台节目陷入沉沉睡眠。听着那些个义正词严的DJ狂喷陷入爱情泥沼痛到无法自拔的小年轻,我感觉被安慰到了似的。这个世上的苦难那么多,悲伤的事情如宇宙星辰,多得看不清,如若残忍地扒开夜幕,发现每个悲伤都已疼痛几亿光年。而我只是偶尔在几次考试中没发挥好而已,相比这世间的无边痛楚,我正承受的只是一颗正在寂灭中的、燃烧殆尽的陨石,在迅速垂直而降罢了。

I saw your face in a crowded place,
And I don't know what to do,Cause I'll never be with you.

每一次在这座步履匆匆的城市里听到这首歌,我就会想起那夏秋换季时节晦暗路灯下切肤的无助感,那透过薄衫略带寒意的晚风,还有眼角余泪沿着耳廓滴落凉席的声响,既然当初那段觉得难以逾越的日子都挺过来了,面对现下的困顿又缘何止步?生命的漫漫征途,前路既然有可预见的泥沼深渊,便自不会缺失大海星辰,唯愿你我初心不忘。

（2）

2010 年那年，上海举办了盛大的世博会，这于整个中国来说都是一件大事了。4 月 1 日这一天市政府下发了劳动节延长一天假期的通知，我那会儿正在机房上计算机课，看到屏幕右下角弹跳出的对话框还以为是愚人节的一则假消息，后来被证实这是真福利。此外，上海每家每户都会收到政府发放的免费世博会门票。家里的老人说什么都不想折腾着去市区凑热闹，结果一堆门票便都赠予了我们小辈。

利用那个漫长而喧嚣的暑假，我前前后后去了好几次世博园。人是要走出去的，因为对边界的探索是生命的本质，熟悉的地方没有风景，如果人终其一生未能窥得我们无意间逗留的这颗星球，这一局长达几十年的副本该是多么平庸。永远在新手村待着，永远是那只跳不出深井的青蛙，可是多少人受限于残酷的现实和自我圈画的牢笼，始终迈不开步子。世博园将这牢笼开了个小口子，世界主动迎面走来，难道还要闭眼吗？看过世界的人未必更幸福，对于更美的远方求而不可得反而更痛苦，但不看世界的人连比较的权利也被剥夺，这是件更可悲的事。第一次参观世博园是和木子一块儿去的，我俩各自都在上海定居的亲戚家里做客，遂临时起意前往，因而两人都没做任何攻略，临近中午才慢悠悠地入园。园内每座展馆前早已排着长龙，七弯八拐一眼望不到尾，我和木子只能挑些相对冷门的馆子参观，诸如东南亚国家的小馆，一些无人问津的联合馆或者企业馆，一直逛到晚上也不知道看到了些什么。两名高中生对各国的风土人情并未加深许多印象，却只光顾着照相，盯着平日里根本瞧不见的长相俊美的外国人看了。

第二次去世博园我约了翔哥，吸取了上一回的经验我俩提前做了不少功课。我问他最想去参观哪座展馆，他不假思索地说德国。当天我俩起得比在学校时还早，顶着黑眼圈在园外候着，闸机一开便随着分外疯狂的人流狂奔向德国馆，在里头逛了足足一上午。馆内展示的内容非常丰富，翔哥喝了口德国啤酒，啧叭了下嘴发出爽口的惊叹声，转过头来跟我说："果然场馆热门是有理由的。"

"这酒有那么好喝吗？"我怀疑地问。

"这不一样。"他的回答显得很意味深长。

当年的德国展馆以"和谐城市"为主题,不仅有错落有致、供人游历的风景区,还有关于德国各个州府、不同区域的详尽介绍。我第一次接触到高科技的虚拟讲解员,带领参观者穿越了一条充满典型德国都市画面的动感隧道,灯光、色彩、内容、声音四维一体打造出的这样一座宏伟场馆,让乡下来的我见世面了。

出馆以后,我和翔哥坐在休息区闲聊,掏出背包里的干粮充饥,我问他:"翔哥,如果未来有一天有出国留学的机会,你会选择去哪里读书？"他依然不假思索地说德国,就如同这对他而言是一个亘古永恒的答案似的。

"你还真是跟德国杠上了。"我笑了笑。

他吞咽完嘴里的红豆馅面包,挑了挑眉歪着头问我:"那你呢？"

在我浅薄的认知范围里,家里的经济实力应该绝无可能负担得起让我出国留学的昂贵费用,特别是这些遥不可及的欧美发达国家,总听人说留学费用动辄几十上百万,这是有钱人的游戏罢了。可是既然都聊到这份上了,我便挑了个相对现实些的国家回复他道:"新加坡吧。那边华人多,离中国近,我也有网友定居在那儿。"

"我想去德国。"翔哥又淡淡地补充了一句。

未曾想到的是,多年以后我竟去了这样一个遥不可及的国家,去了翔哥最想去的德国留学。很多事情回想起来你会由衷地感叹世间命运的无限可能,就像手中握着的万花筒似的,我们总是无法预见下一个出现的图案。可是,正因为生命充满了潜能和可能,我们如此渺小的个体才有了闯一闯的必要和意义,这种对于未知生命轨道的探寻、发掘、验证充满了魅力不是吗？

(3)

有人说,学生时代里先贤的诗词曲赋加重了我们不少负担,每次语文书上被动的邂逅,就平白无故地让我们多出了不少背诵素材,可你们有没有发现,那其实是先贤和我们穿越时空的壁垒无声而热烈的碰撞,那些岁月和历史传承下来未经断层的文化瑰宝,中华古文确实颇具韵味。诗词之美,爱之者爱之切,住在隔壁526寝室的盛儿,他热爱诗词的程度不亚于我热爱写作,社交平台的首页上陈列着他写过的很多首词,翩翩然的意境里裹挟着丰富的细腻情感,像一袭杨柳烟波深处溢散着的依依愁绪,品读词韵间,有如在探秘一座雾霭弥漫的迷宫似的,这让我的内心感到愉悦。

盛儿像伯牙等来了子期似的,那双丹凤眼笑成了一条缝,他给我搬来一张小凳子,卷起白衬衫的衣袖从基本的平仄向我讲起,说不同的词牌有不同的平仄规律,讲究不同的韵脚。写词实为雅事,时间却是不禁花,寻找合适的韵母,寻找合适的意象。年轻人之间常流行说"以球会友",指的是经由一起打球相识从而成为好友。我和盛儿姑且算是"以诗词会友"罢,这要放到古代去,定是相顾开怀,长袍作揖的知己了,如今想来倒是浪漫得紧。

对照着词牌的平仄表花费大量时间写词作诗,在书房里一待便是一下午的光景,隔周回到学校迫不及待互相品鉴对方的作品中想表达的意境,每每会对了意,惺惺相惜便多添了一分。我俩到后来则不再非要严格遵循词牌的各种规则,这样创作起来不会那么疲累,过于疲累便易失了耐性,有阵子我受青春期情感困扰时他送给了我一首《洞仙歌》,印象颇深。

洞仙歌

无情画舸,烟柳池塘谁记。数重轻叠舟泛起。纤云散,一点蓬莱清浅。月华收,何故重经前地。锦字别来时,云飞陇首,时见烟芜蘸碧。近日阑杆倚。门掩梨花,余情付,伊人难觅。折春威一夜。拼一醉,忆取来生今世他年泪。

就这样在高中的这一段慌张的时光里,写词作诗成了我们之间的小乐趣,查阅不同词牌的平仄和句型,一起埋头研究,倒也成了他日重逢时推杯换盏间的好故事。沉浸在青春期愁肠百结的情绪里时,我们写《踏莎行》:

踏莎行

云渺随风,凉蟾微寐。倩紫鸢绰风吹泪,玉箫声里续前生,天涯芳信何处归。

烟火难戒,落花千年。觞酒縠纹对无言。苦汤断桥情难断,枕外红影谁人怜。

而当看到新闻里报道某位贪官搜刮了多少民脂民膏,终于落马之时,我们则结合实事写下《雨霖铃》:

雨霖铃

素娥清浅。映小阁冷,苇风如眠。残花中酒弄月,难忘却,陈年隐痛。宴酣桃红仕途,无人念高铁。忆重门,贪污腐败,红笺难诉人间罪。

高堂自古多良贤,万心更,惹得梅花咽。八月杜鹃啼血,云泼墨,远杉相搀。断影微度,应是薄暑怡人汤怯。不知小梅疯几弄,教诡谀等归。

甚至每当有好朋友过生日或者逢年过节的时候,我俩都会以诗文的形式表达衷心祝福。

致友生辰(其一)

寒窗末年苦难言,与君深谙两相怜。毅如铁,鸿鹄志;奈时节,寒露至。庆生十月八,弦月展欢颜。灯枯怎耐夜凉如水,情暖溢,天冷勿忘加衣。

致友生辰(其二)

帘舞梦歌楼,笑语南风。云弄月,花弄影,良辰最是景。君笑解千愁,俊朗小生。竖天阙,擎天鼎,百年当君领。

我不知道盛儿现在是否偶尔还会有这曲水流觞的雅兴,在某个安宁

求学年光　盛夏蝉鸣

的闲暇之余重拾笔砚遣词抒怀,也许走出校园踏上了社会我们都已将心头的那支古笔束之高阁,可那一隅缘为某项爱好付诸消瘦浅薄的才华,生命的羽翼得以日渐丰满,挣开着尝试翔于九霄,至少在那段熠熠闪光的年少记忆里真切如斯。

（4）

　　《那些年,我们一起追的女孩》,是一部能让人静静流下泪的电影。

　　青春成长题材的电影本身,在某种程度上便被赋予了帮助少年成长的责任。《那些年,我们一起追的女孩》也许是因为源于真人真事,相较过去的青春题材电影,更贴近素面朝天的生活,没有甜腻到齁过了头的誓言,也没有不自然的技巧铺陈。影片讲述了一群少年从高中到踏上工作岗位的故事,记录了那些年轻人的成长历程。

　　这是一个抒情缺失的时代。我们不再写情书,也不再向兄弟敞开心扉——你可以向兄弟分享纠葛的心路历程,夜不能寐,却很难向他们倾诉对一个女子的款款深情。就像灏子,只会和我们说他喜欢五班那位姑娘,而不会说怎么喜欢,有多喜欢。

　　当语文老师让我们告别缠绵悱恻的花季文字,转而将视角放宽到整个社会,去洞察人间百态的时候,我们很少再要弄笔墨在抒情上面了。我们不是缺少泛滥的感情,只是将它隐藏起来了。即便告别学生时代很多年,在现实生活里学习现实很多年,我相信这部电影也能勾起你我关于青春年少的无限回忆。

　　无须只着眼于要把你我的视角格局放大,以过于理性的文字去评论青春成长或者社会新闻,少年说愁的年纪偏道暮秋天凉岂不成了龚自珍笔下的那棵病梅?理性是需要感性来调和的,有时候情比理可能更具有说服力。至少,在名为青春的这本书里,理性的文字表述远没有影片直接抒情来得动人。

　　人在高三,我观看这部电影能产生更多的共鸣。静静地欣赏影片,看他们疯与笑,看他们高考失利,看他们把情爱藏在心底,看他们毕业后坐在海边的堤坝上光着脚丫谈梦想,这一切正是我不急不缓正在经历着的,也许电影画面中的每一幕,马上会在我接下来的人生幕布里一一上演。我却坚定地认为,我们每个人的青春都应该是热血沸腾的,浮夸和幼稚背后隐藏着的是一种对生命的积极与乐观。

那些年里的奋笔疾书不为考上一个体面的大学，只为追赶上倾慕的女孩，读书可以是如此单纯的事；而正是因为在青春的镜头里，在女生总觉得男生幼稚不成熟的眸光里，这本书的扉页上才注满了那么多纯粹无瑕的美好。撩拨我心弦的不只是主人公柯景腾对感情的专一纯真，也是年少不羁的他有浪子回头般的蜕变去追逐自己的梦想——为了心中的世界可以因为有了他而发生一点点改变，硬是把自己从差生的行列拉扯进了大学的门槛。或许结底归根来看，他的热血来自暗恋的力量，但念书终究不是一件简单的事，我们深知并依然切肤地经历着，柯景腾做到了很多学生做不到的。

多希望眼前也有一位沈佳宜，能让我在心底树立一个目标。

我们还是能够自信而不自知地高喊起青春万岁，然而年月却悄悄抹去了十几岁的车辙，二十岁如期而至了。终于站在了十几岁的尾巴上，读书十二载，马上就要毕业了，人生的幕布是否这时才算正式拉开呢？

骑着单车的男孩，身着一袭干净的白衬衣，那砖红色的塑胶跑道，白漆脱落的小卖部，还有教室里涂满了玩笑的墙壁，那些扎着马尾辫的女生，有着双手环抱书本于胸前的一贯姿势，天花板上是不敢停歇的电扇，窗外是随风摇曳的翠绿香樟。

我们斑斓的色彩，初恋的心悸，欲言又止的矜持，这样的情怀可以一直怀揣许多年。我们都是马上就要汇入都市洪流的孩子，被旁人冠以一个活力又残忍的新称谓——年轻人。有像我这样，习惯于深夜里独醒的疯狂，也有对未来生活的怀疑和迷茫。像电影中的年轻人一样，如今朝夕相处的我们往后的人生鲜少再有交集。

2012 年，第一批 90 后大四了，他们从学校踏进社会，会不会像韩寒笔下写的那样：一旦接触社会这潭水，即便再澄澈也逃不过被浸染。校园时代是多么赏心悦目的年月，好像一旦毕业离开，青春就所剩无几了似的。四年之后当我本科毕业时，大概也不得不吻别自己的青春，我也会像无数年轻人一样或者追逐梦想或者在现实里循规蹈矩，从事一份工作，变得实际得可怕，看着我可怜的青春背影在远方的荒芜里渐行渐远。

遐想这些未来之事更像是一次反思，身边的多数同龄人不再情愿继续步上一辈的后尘，成为传统流水线上的工人靠体力为生，更不想挽起裤脚，面朝黄土背朝天待在乡下成为农民。因而我们为了自己肩上背负的幸福奋斗,整天与习题厮杀、牵扯,正如原著作者写的:人生不是在"解成就破关",人生的战斗履历绝对不是"只要有做就好"——有出过书就好,有写过歌就好,有写过剧本就好,有拍过电影就好,所谓每做完一件事,就在那一项履历上面打一个勾就好——人生不是及格就好,至少我的人生不是这样。

我也不希望自己未来的人生会是这样。

至此,我由衷佩服这位原著作者,不在于他成了一名为人所知的作家,小说热卖了多少销量,而是他将自己最美好的人生阶段拓印下来,展现给了那么多读者,让无数人知晓了他的青春故事,让无数人顺着故事情节去回忆各自的那些年。从小说改编成电影,文字转换成影像,给无暇看书的人提供了更直接的接受渠道,抒情直击心灵。再过五年,或者十年后,我竟期盼着人们依然会记住有部电影叫作《那些年,我们一起追的女孩》。我会感到幸福,甚至由衷地为它心生骄傲,我像是对这部电影上瘾了一样,在十几岁的尾巴上,它陪伴了我很多个茫茫黑夜,它上映的这年,我正是一名高考生。

"愿你永远快乐,很多事情若以将来的心理来观测今日事,便是如此美好。

诸事不如意处坦然面对,但求天天快乐。

天赐遇,巧相逢。

By 柯小生,1994。"

这是 17 岁的柯景腾写给未来自己的留言。1994 年,我刚来到这个世界上,而我此刻却处在柯景腾当时的年岁。这多么像轮回,多少给人带来一些惊喜来了。

电影里的女主角沈佳宜最终没有选择和柯景腾在一起,这个不完满的结局并未让我觉得感伤,因为青春就是这样会留有遗憾的吧,天边的皎月尚有盈亏何况我们身处的这兵荒马乱的苍茫人间。然而除了遗憾本身之外,分外宝贵的是一份少年人身上的洒脱和不羁,自心底里祝福对方,祝福朋友,也祝福自己。故事很励志,让我有马上念书甚至通宵做题的冲动,这同龄人的蜕变,他们的热忱和毅力感染到了人在高三苦苦前行的我。

　　谢谢你,17岁的柯景腾,我会记住那个幼稚的,因为喜欢一个女孩而奋笔疾书的你。

　　谢谢你,32岁的柯景腾,我会记住那个从幼稚蜕变了的,分享励志故事的你。

18岁的诗嘉

2012年

(5)

距离高考还有最后一百天的日子里,在这个不长不短,快要耗尽耐性的关卡上,高考就像一名你求而不得的情人,她一面勾引着你过去,一面却站在原地一步也懒得迈。说好的双向奔赴呢?原来自己像个小丑。百日誓师大会上,副校长在台上右手握拳引导我们说着誓词,中气十足,铿锵有力,好像真的要上前线打仗似的,为什么会演变成这样?国外的学生在高考前也有这样的仪式吗?台下的我下意识地跟着握拳,却觉得自己失去了迎风踏浪的勇气,双腿灌了铅似的沉,对于接下来的重大考试我分明感到惧怕,二模三模,永无止境的考试;惧怕遇见试卷上让我毫无头绪的考题而只能硬着头皮写下无比荒诞的答案,好像那样也能拿分似的。那些静坐在闷热的教室里对付一张空白的考卷,眉宇褶叠,憋红了脸,时刻关注着剩余时间的情景再也不希望重现了。可我又知道自己必须坚持,已经坚持了十二年,就像坚持过去十二年那样再坚持一百天,起码那时候,我能够拥有一个棕榈椰风,咸咸大海的夏天。

然而,此时杵在原地迈不动腿的我找不到对象倾诉了,朋友们都在租住的小区里,某盏即将燃尽灯芯的昏黄下忙着备考,恨不得一天能当两天来用;父母也早已解决不了我解决不了的难题,我只能通过键盘诉说给电脑听,好在还有忠诚的电脑能安静地聆听。高二下学期的时候,我的精神笔友方老师被调离,去了别的学校,自此我那可怜的随笔本便停留在了她离开的那一页;翔哥考上了成都一所大学,和我之间的距离就更远了。我头顶这如山岳似的压力是来源于父母吗?若我从小不是位品学兼优的学生,父母是不是便不会对我寄予如今的厚望?对于我们大多数孩子,尤其是农村长大的孩子,为求别人眼里的出人头地,念书是最简单的一条出路了吧;为求"体面"二字,我们活得多么累。倘若自己拥有一技之长或者成绩平平,是否就可以轻松地走完这些年,混一个高不成低不就的文凭,早早踏上社会了呢?

翔哥这样先一步脱离苦海了的,他的回应让我恨不得立刻买张机票飞去成都揍他两拳。

"翔哥,我好难受,不想读书了,也不想做卷子了。"

"我在上课,不过在睡觉,你把我吵醒了",紧接着是诸如"你这心态很正常,大家都会这样,只是处于备考厌恶期"之类的无关痛痒的话。我能想象他回复短信时不以为然不带任何情感色彩的木讷神情。只是在东升西落的光阴过处,后来的后来,我发现我们苦苦想逃离的并非苦海罢了。

父母陪读的这段日子里,他们总是习惯在晚饭后出门溜达一圈,这边没有他们熟悉的朋友,也只能找法子打发时间了。这段独自在家的间隙,我对着眼前的白墙用力捶打,好像它便是眼下的万恶之源似的,这可恶的白墙就像那高考似的,一句话也不说,一步也懒得迈,在我面前毫无反应。鲁迅先生说:沉默是最好的反抗。没了反应才是最大的折磨,可你对此却又无可奈何。我红着眼眶捶打它,希望用最原始的疼痛来唤醒自己,激起能量对抗怯懦。

去年临近高考的时候,翔哥还是名高考生,我还在读高二。他给我发短信说:"我希望你能过来打我几拳。"我那时候嗤笑他矫情,可现在却真切地理解那种心境了,悠悠人世间,该轮到的苦难我们一个也没法逃过。

我很希望现在有人能打我几拳。

我像囚困在一扇没有出口的房间,费劲心力也找不到出路,横冲直撞换得遍体鳞伤。我找不到释放压力的方式了,便把自己关在书房里边捶白墙边吞咽眼泪,眼泪顺着脸颊滑落嘴角,渗进了口腔,真的好咸。好久好久没有这么痛快地哭过,十八岁的同学们啊,你理应要坚强一些,我知道你很累很辛苦,可是再咬一咬牙便能挺过去了,我一直这样坚信着。落日风帆还未扬起,飞鸟沙鸥还未南迁,葳蕤的椰林还未甘甜,肥美的鳕鱼还未长膘,它们还在蛰伏等待,南方湛蓝的大海它还在等你。

（6）

在痴迷于电影《那些年，我们一起追的女孩》的高三备考日子里，我不得不思考自己和影片之间到底属于哪一种关系。缘何让我对它会有如此之深的迷恋。

比如每天临睡前都忍不住看会儿片段，不看就觉得夜晚少了些什么，这天结束不了；比如我在班级里自诩为柯景腾，在适当的场景用电影中的台词回着同学的玩笑："你怎么这么机车？"比如把教室电脑屏保偷偷换成了电影的海报。最疯狂的是把学校阅览室里有关于这部电影采访的杂志全搜罗了过来，悄悄撕下，小心贴进自己的本子里，可又因为良心不安拿着零花钱主动找到了阅览室管理员，惹得那位老师哭笑不得。也许若干年后，当我想起这些离谱的事儿自己会忍不住笑出声来，我希望那时的笑不是嘲讽或者不屑，而是一种刻印在心底里的欣慰，欣慰自己曾拥有的那些足够热泪盈眶的，像钻石一样闪着光的年华。我的那些年因为有了一部影片的陪伴，把骨子里对未来生活中有关于自由的憧憬不断往外抽离。

十八岁，一面是灵魂再也不想等待这具迟滞的身体，另一面是灵魂只能跟着伤痕累累的身体被制约在高考的囚笼里。这个不适合沉溺于内心矛盾、身心对抗的关隘上，迷恋来得不巧，让身体和灵魂争得不可开交。

我不喜欢迷恋这个词，迷恋意味着达到了情感的顶峰，意味着不得不开始走下坡路，人世间的所有迷恋都不会是长久的，这听上去多么悲伤。可是在找到情感的替代物以前，它确实让人着魔，为之倾狂。也许几个月后我再也想不起它，也许就算高考结束以后，它依然陪伴着我。

迷恋让我不惜在语文老师出去开会的空当，光明正大地在其他老师的眼皮子底下"偷"用了他的电脑，下载了电影原著小说，那些老师以为我是在语文老师的授权下，在下载学习资料。

高一时学校里很多男生都喜欢捧着手机看小说，我对此十分纳闷，这有什么好看的呢？没成想在距离高考的最后一百天里，

我竟——

在某个温暖的周六下午躺在大理石飘窗上，铺了层软软的被子，腿

上架着电脑，一口气看完了《那些年》的原版小说，故事相比电影更加饱满了，再次欣赏影片的时候认知上更加连贯自然了。几个小时沉浸在小说剧情里，有种人生短暂稍纵即逝的感觉，这或繁盛或蛮荒的人生，翻翻页就过去了。合上电脑，只感觉眼睛看得生疼，我伸个懒腰的间隙，看到窗外一对双胞胎男孩骑着没拆辅助轮的袖珍脚踏车，不知疲倦地在小区的花园里穿梭，一圈又一圈。"真羡慕他们啊。"想到他们有一天会成为我这样，忙着应付高考，又在偷懒时望着窗外彼时没烦恼的孩童的场景，觉得很温暖，温暖得如同于秋日暄阳下的步道手掬一团红叶。青春故事书里的主角会换了又换，总有人正年轻，可又觉得那是很遥远的事了。

我突然深刻地觉得生命当是比现下更广袤才对，如果外部环境狭窄了路途，我们自身的步子不得尽可能地将它撑宽些吗？

"要不要去体育馆打会儿羽毛球？"我给同样走读的秦天、蔺洲和项宇发了短信。高三走读生于周末并不寻常的返校，那心态就跟郊游似的，漫步操场边上的环道，晒一晒西边和楼宇玩躲猫猫的夕阳，拐了个弯来到体育馆前的空地上，我们欣喜地发现有同学和我们一样返校，正在放一顶鲤鱼风筝：一群人簇拥着扯着线轱辘，而另一名高个子男生举着风筝骨架大步地迎风狂赴，春三月，纸鸢飞，这画面浪漫如花。傍晚的风很疾，吹在裸露的皮肤上却是暖和的，脚边那陪伴自己多年的影子，头发特别随意地被这风肆虐成抽象的各种情状，我顿时觉得生命的姿态立刻缓和了。毕业班的我们深陷这教室、食堂和家的三点一线，每天的目的地一成不变，以至久违于这属于身心暂缓的时光。纵然并非第一次生出这样的慨叹，但源于校园这方天地里乍现出的情绪洞悉，恰恰说明灵魂在身体内的苦苦挣扎，挣扎着想拥抱更宽阔的世界，观察体悟那些已然被你我习惯性忽略的生活细节。

我们伫立一旁看了许久，像在等一场合适的风，也像在等一场命运的垂青，而旁边那些竖立着的锈迹斑驳的健身器材早已无人问津。风起，风筝飞上了青云，时而高飞，时而低滑，同学们笨拙地扯线，没一会儿就坠了下来。可那奔跑的模样，闲适的眸光是高三这一年里鲜有的画幕。

"你相信宿命吗？"我边仰着头望向那顶鲤鱼风筝边问身边的兄弟们。

"也许吧。"秦天说。

"那你觉得风筝的宿命是什么呢？"

"是……是飞翔吧？"

"对，就是飞翔。"我转过头笑着看着他。

说完这句话后，我好像找到了一种久违的信仰，人在高三之所以痛苦，正是因为我们总把高考看成这顶直上青云的鲤鱼风筝，觉得宿命在此，它像是能让你我一飞冲天的契机，而一旦没能等来那一阵清风，或是扯坏了线，我们便习惯用磅礴的忧伤惩罚己身。然而一直到此刻直面高考之时，才隐隐意识到，重要的真的不是高考本身。

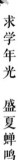

第四章　荷尔蒙

(1)

　　灏子的心似乎自始至终不在学习上。我们徘徊于成人的门槛前,有些暗生的情愫堂而皇之地生长开来,然而这扰人清梦的时间点,无疑依旧过早了些。在多数大人的潜意识里,上大学以前没有什么比学习成绩更为重要的了,他们总希望任何会为之分心的主客观因素都应被扼杀,它们就像清水里突兀的几缕杂质本不该生长,更不该存留,如此简单,又显得有那么一丝暴戾。

　　灏子的学习成绩一落千丈,在这个为人称道的重点实验班里,他总是破罐子破摔似的分数垫底。他常常把自己一个人关在宿舍的阳台,那些通过电话和父母争吵的字眼透过门窗分文不落地钻进了我们的耳朵里,我们其他哥几个只能面面相觑,徒留一声哀叹。挂断电话以后灏子总是拉长着一张臭脸进屋,一声不吭地爬上床铺,当什么也没发生过似的。我劝他心平气和地和父母沟通,可是青春期撞上了更年期,而在拥有像灏子这样性格属性的人身上,亲子间的代沟和矛盾就像照了放大镜似的,注定惹波澜。

　　那一晚,灏子直到半夜才回到寝室。

　　"这么晚你跑到哪儿去了?"

　　"快到床上睡觉去,都被你吵醒了。"

　　黑暗中他顿了几秒,也不急着爬上床,背靠在椅子上以一种哀莫大于心死的语气说:"兄弟们,我可能要出国了。"

我还处于迷糊中的脑袋一下子像被泼上了一盆凉水，仰起身子低头望向他说："灏子，你说啥傻话呢，什么情况？"

原来那天晚自习结束以后，灏子的父母来到了学校，和Jojo说明了情况，以及他们对于儿子未来的安排。按灏子目前的成绩和状态连考上一所二本高校都难，而他父母本就在国外从事外贸生意，便打算将灏子送去国外读书，换一处新环境，在国外学两年语言班后参加当地的高考，或许未来能更快上手帮衬他们在国外的生意。

灏子说，对于这样的安排他父母早就规划着了，也同他商议过，与其说商议，不如说是通知。灏子的选择是一直耗着，和父母对峙，为此吵了很多架，他以为这一天还很遥远，没想到竟来得这样迅疾。灏子显然并不情愿这样的安排，并不想离开新崇中学，这里有他放不下的人和事，有他难以割舍的友情和伙伴；对于国外陌生的环境，他需要从头建立新的朋友圈，需要和比他小得多的孩子一起上语言班，这让他光想想就觉得头疼。

灏子就这样在黑暗里静静地诉说着他的成长故事，这庞大的信息量一股脑地全输出给了我们，一瞬间寝室里鸦雀无声。我从未意识到灏子的家境原来如此殷实，可他的言行分明与电视剧里的那些富二代大相径庭。在我眼中，他只是一个好兄弟而已，是物理课上和我一起昏昏欲睡的可爱同桌，是晚自习上和我一起开玩笑的聊天对象，和家境无关。当我的眼睛渐渐适应了寝室里的暗度，灏子的轮廓变得清晰起来，那一尊背影就如同一览无余的非洲大草原上孤立无援的羚羊，卑微地孤独着，那个不羁的灏子好像不见了。

父母既已安排好了一切，这件事的结局可想而知。

"什么时候走？"我问。

"两个礼拜左右。"他说。

"父母既然给你创造了这个机会，也挺好的，去那边后好好学。"我说得很理智，很笃定，眼角却分明有些湿润。

事情发生后过去了两周，灏子真的走了，这一别一直到我们都大学毕业了，男寝525号的我们再没和他重逢。我能清晰记得离开那天他依然阳光地和我们挥手告别，那一刻我想留住这名美好的少年，是我如此珍惜的同桌，也是我在新崇中学认识的第一位朋友。

灏子离开后，525 男寝从此变成了四个人的宿舍，寝室里少了些许欢笑、吹牛还有荤段子。有时候夜凉如水，辗转难眠，我会望向清晖下灏子空落落的床头，只剩下光秃秃的铁架子还有木头床板，物是人非。在微信没被发明以前，我们还会在人人网上互动点赞，了解到他在另外一个地方生活的一些皮毛，每天是否欢悦，过得是否丰盛。

大学时微信的兴起宛如一夜新雨后的春笋，人人网的没落也似乎就是一夜之间的事情，我们都被猝不及防地斩断了联系。学生时代就是这样，虚虚实实的人生就是这样，多少别离败给了猝不及防，多少转身预言了缘分式微，时光和容颜是回不去了，但留下来的以及能继续保存下去的东西都是不可复制的美好情谊，不是吗？

（2）

灏子就像一本鲜活的反面教材，Jojo终也迫于校领导的压力只能在班会课上重申考学的重要性，而我们重点实验班无疑背负了整个年级甚至整个区县的期望，那些分心的因子被渲染得万劫不复似的，是莘莘学子苦难的原罪。谁都不想直面突然的别离，谁面对突然的别离都会忍不住泪眼婆娑。可是谁也都不想无视内心的情感诉求，自欺欺人。灏子曾和我说过，藏掖情愫的过程像万蚁蚀骨，一旦到了寂寥的夜晚，万籁俱寂的环境会将苦痛放大，身心极其不好受。

总而言之，灏子淡出了我们本该携手进退的学生时代。可是于我们剩下的人而言，并没有出国这一额外选项，忙碌的高中生涯还得马不停蹄地向前奔涌。

我和潇莼虽然并不在同一个班级，但却因为彼此突出的文娱才艺有了不少共处的机会，友情在校园里那间偏僻的声乐室里慢慢发酵。每次彩排完曲子休息的时候，她喜欢扶着栏杆眺望植被掩映的窗外，苍绿的色彩呼应着远处教学楼的爬山虎，阳光被这些植被和窗棂切割成块，逃到了声乐室的木地板上，屋子里暖暖的。我就这样静静地看着她，光线的丁达尔效应成了她的陪衬，感觉眼前这幅画面柔美得一如碎钻化成的一道银河流泻，丝毫不亚于她高一军训晚会舞台上的模样。第一次无意识的手背触碰，第一次演出成功后有意识的用力拥抱，懵懂青春里的故事版本大多相似，而青春的细节就让它留存在彼此的脑海里安安静静地生长吧。

面对即将到来的高三，我和潇莼明白除了参加各项文艺活动以外，当下最重要的关卡是学习和考试，在周末我们总是一起留校自习、讨论难题、泡图书馆，倘若回乡下老宅，路上来回折腾很花时间，大半天就过去了很不值当。我们期盼能考上同一所大学，都想考到同济去，若是都能获得学校直推生的宝贵名额就完美了，高考总分只需超过一本线就能被录取了。

然而临近高三，似乎课程一下子拔高了难度，潇莼的成绩一路下滑，她不理解化学有机物的分子式为什么有那么多奇怪的圈圈,还长满了触角,不理解那一根试管里为什么可以发生那么多莫名其妙的反应。她和我抱怨课程的难度,我静静聆听完以后破天荒地想为她补课,给她讲题,我以我觉得最正确的方式来帮助她。她看着我的傻样先是愣了一下,认真地盯着我,我也认真地望着她,我的眼神非常坚定,手中拿着准备好的几道习题,她点了点头,微微一笑。

每天学校晚自习过后,我会带上习题来到七班,坐在她旁边。连续几个小时的晚自习后偶然也会身心俱疲,但面对潇莼我似乎永远有无尽的活力和动力。哪怕有一天明明作业量异常多,我还是会先准备好晚自习后要给她讲解的题,一笔一画地写好步骤和思路。

"嘉爷又去给莼姐开小灶啦。"
"哎,莼姐真幸运,我怎么没这样的朋友呢?嘉爷你也给我讲讲呗。"

高二过后,同学们相处得都熟了,他们就叫我嘉爷。项宇和秦天有事没事就开我玩笑,我表面上回嘴堵着他们:"得了吧,以你们的成绩,你们给我讲课还差不多。"不过心里头却是沾沾自喜着,我坚信自己的帮助会让潇莼在学习上取得长足的进步。

直到有一天晚上我出现在她的教室门口,她突然对我说:"你以后还是别来给我补课了。我觉得太累了。"
"嗯?什么?"
"谢谢你为我讲题,可是和你在一起学习我很累。"她扔下了这句话后,背起书包跑了出去。

我怔怔地看她跑向楼层的尽头,脑子根本反应不过来。她这话是什么意思?可我却敏锐地预料到,我俩的友谊出现了裂痕。

攥着准备好的习题,我挎着书包奋力往前追,一把拉起她的手臂:"潇莼你说这话是什么意思,我难道不是在帮你吗?"
"我的意思是不需要你帮我,你走吧。"
"以后我不给你补课了还不行吗,你别生气好吗?"
"你别生气好吗?"这话我说了好几遍,这几个字竟是如此烫嘴。
"和你在一块儿学习我压力很大,我不喜欢这样。我坚持不下去了。"她想了会儿后,整个人变得很平静。

"好好好，你说什么我都答应，但你能答应我别再说出这样伤友情的话了，好吗？"

这句话落以后我俩陷入了沉默，消瘦的夜风久久不定，清皎的月光洒落下来，眼前的女孩穿着她最爱的白色，一如我第一次见她的时候，清纯动人。就像她的名字一样，潇莼，这牵动着我一整个高中时代的名字。我竟分不清在这个年纪里情窦初开是一件好事还是坏事了，但这又有什么关系呢？因为真实的感受不是骗子，我只知道自己沉浸在了幽邃的难受里无法自拔。

"等到毕业以后，希望我们之间的友情可以不夹带任何压力。"潇莼终于还是开了口。

学生时代里，那层蝉翼般的薄纸我们终究未曾捅破，也许确实亦不该无端被捅破。但她的那句话，我听懂了。学生时代里，总得有人先说出这句话。

我手中紧攥的习题慢慢滑落，此时那些工整的字迹就像一个工整的笑话。我弯腰捡起，大抵是因为长时间不运动了，弯腰竟感到一丝吃力，把习题撕碎成两片、四片、八片……我将它们扔进了垃圾桶。

灏子转学以后，我旁边的座位空着，上面逐渐被我的书本占领。我开始努力做题，不知疲倦地去找老师问询不会解的题，总结多元化的解题思路。我依然和七七、木子嬉笑怒骂，但相比以前还是话少了很多，发奋让我的成绩名次稳定在了年级前三十，甚至发挥最好的一次总分排名全年级第二。父母亲以为我终于适应了高中的学习节奏，可他们哪里知道我觉得我本繁盛的青春世界里如今是那样荒芜：最好的兄弟出国去了，而志同道合的好友也不理解我的良苦用心。我唯有构筑起另外一个世界才能让这青春继续得以苟延残喘地绽放。

崩塌的世界名为情愫，新的世界叫作学习。

和潇莼彼此冷静了好几个月，鲜有联系，也不再排练节目合作演出，我也有赌气的成分似的，比谁能耗得更久，可这破裂的友情在心底里始终隐隐地膈应着。我坚信我们的革命友情不该这样脆弱，男生对自己的信心有时候就是这么坚定到莫名其妙，可是，坚定和幼稚是一对双胞胎，你以为是坚定，别人眼里看到的可能是幼稚。

高三后，我们都开始走读，在学校旁的小区里租房，父亲每天下班后从乡下赶过来陪读。两年前，我还站在那个十字路口羡慕那些快要脱离苦海的学长学姐，当此时自己真的走到这份上了，反而害怕自己担负不起未知的幸福。我站在那个原点，倒计时还有多少天能离开这所我深爱着的"霍格沃茨"，到时候我也许便能和潇莼开诚布公地聊一聊，或许是我帮助她的方式过于生硬，过于强势，让她感受到了学习生活之余的额外压力，可如今的局面显然非我所愿。

听潇莼的同学说她租在了3号楼501，我便要父亲租7号楼501，两幢楼一前一后，没准我能望到她的身影，就像以前住学校宿舍时那样。傍晚放学回家，我时常会算好时间走进小区大门，制造和潇莼的偶遇。几个月的冷静过后我俩终于能重新搭上话了。我和她不聊学习，也不触碰那日不愉快的争吵，只聊班级里发生的趣事或者关于彼此未来的打算等等。

我有尝试过将手背假装无意地贴上她的手背。

她下意识地弹开了。

既然这样，那就不勉强了。

我觉得能这样一起回家就挺好。

备考期间，每个人都像打了鸡血一样机械化地做题背诵。我利用一个周末把积累了三年的《南方周末》剪报按不同的话题分门别类，然后开始创作属于自己的作文模板。五月底的时候，我写了将近十篇作文的框架，内容涵盖当时社会上的所有热点诸如医患矛盾、民工荒、科技和人文的冲突等等，期待在高考的语文考场里能派上用场。

而潇莼这一年的努力亦让她进步不小，可终究敌不过颓势，时间不够用了，很难再追回来了。她不好受，我也跟着难受，考不上同一所大学是必然的了，我也不会为了她而放弃报考同济。

"我考不上名校，以后和你渐行渐远了。"

"傻瓜，以后如果我发达了，我罩着你。"

……

那时候的想法特别幼稚，我们都单纯而固执地以为考上名校就意味着一份高薪工作。我的承诺无疑成了一张空头支票，但我不知道在她充满怀疑和踌躇的那些个高考备考前夕，我的承诺有没有给过她哪怕片刻的心安。

面对青春年华里的人和事，我是如此想告诫此间正在经历着的后生们，即便当下再如何笃定也不要轻易说出承诺，因为当你以后发现自己无法付诸,兑现不了的时候,愧疚感可能会形影不离地伴随一生。

　　没人知道我在和潇莼争吵后的那一晚上到底想了些什么,即便项宇,秦天他们问起我也没有多说。我其实想的特别简单,我必须发奋图强,考上名校,从事一份高薪的工作,我想要拥有足够的经济实力,当她未来如有需要的时候我真的可以去罩着她。

　　情愫的世界虽然崩塌,却成了我前进的动力。

　　其实真的就如此简单。

(3)

　　朔风南下，天气微凉，白昼一天天变短了，下午五点的天空已是一片黑暗，路灯泛起橘黄色的光晕，自动取款机的光明显得夺人眼球，而这座小区的楼宇内灯火通明，帮助下了课的学生清晰前方树木的轮廓。我背着无比沉重的书包像一名背包客，双手蜷缩在袖管里，展开对寒风的无力对抗，独行在小区的道上。眼前这熟稔的光景，秋雨初歇，夜幕不过刚刚开始。背包客就像城市的游离者，被边缘化的人物，却也能更敏锐地捕捉到城市的心情。我看到那亮堂到晃眼的居室里，每个人都有自己方方正正的格子，仅仅一墙之隔，格子里上演的却是全然不同的家庭悲喜。因为是清一色的透明落地窗，我这个道上的背包客看得甚是清楚。这是如此奇妙的境遇，有些像是监狱长夜晚巡视：有叼着烟、跷起二郎腿看电视的高大男子，有静坐于沙发上等待丈夫回家吃饭的女人，还有伴着自来水声以及钢丝球摩擦碗具声——那些在做家务的花白老者。

　　在我的耳畔，还有风啸声和树叶扑簌簌的抖动声。然而，看着这些格子，人为地整齐划一，方方正正，心生一种浓郁的伤感。我怀念起乡下宜人的老宅与院落之间的比例，还有那些分割得并不规则的田地。

　　没过几天，学校组织了盛大的高三成人礼，学校邀请了所有学生家长出席这样一场隆重的仪式，大礼堂里的我们穿着得体的成人礼服，聆听着台上校领导的谆谆教诲，这些西装笔挺的老师们竟也显得可爱了不少。终于我们成年了，十八岁，这以前总觉得最美好的年纪如期而至，却又显得那么姗姗来迟。

　　对我而言，这花里胡哨的仪式多么浪费宝贵的复习时间，不就是成年吗？十八岁的第一天就一定比十七岁的最后一天成熟吗？父亲背着相机坐在观众席间，将镜头拉至最近，捕捉几百号同学里我的身影，关于我的成人礼，显然他要比我看得重得多。

　　礼毕后，父亲从观众席上走下，向我迎面走了过来："你戴好成人帽，我给你拍一张。"我用手遮住镜头，百般不情愿："不想拍。""就当纪念一下,快,就拍一张。"父亲往后挪了两步拉开了与我之间的距离,举起了镜头。我上抿嘴角,极具敷衍地摆出了个似笑非笑的表情。咔嚓,画面定格,父亲看了看屏幕上的相片,笑着说了句:"真好。"

父亲把相机递给了我:"前几天是太奶奶生日,我拍了些她老人家吃蛋糕的照片,你可以看看。"我本意兴阑珊的状态因为这句话而刹那间收敛了起来,接过相机,低头仔细地看,放大细节地看,想把太奶奶脸上的毛孔都看清楚。

如果我没有算错,这是太奶奶第97个生辰。可我这个不着家的曾孙已是连着3年缺席,已经良久没有回乡下老宅了。这样看来,我是为一个不孝子。我确实是个不孝子,撇开高三备考这似乎冠冕堂皇的借口,就是以往偶尔回去一趟,也很少会和老人家拉上几句家常。她的脑袋里保留着旧时代的思想,与我如今所接受的教育不可并提,祖孙之间很少有话题得以聊得深入,这现实确实充满了秋深叶落般的无奈。可是直到很久以后我才明白,对于她这样年纪的耄耋老者,聊什么话题不重要,若能陪着她静坐一会儿,便是孝敬了。

"爸,这周末带我回去一趟吧。"我看着父亲的眼睛,说出了这几个字。

这天,太奶奶得知我会回去,硬是坐在她那张竹编的藤椅上,等到了晚上8点,见着我后才肯拄着拐杖挪进里屋上床睡觉。她老人家平时6点多就睡了,这固执的性子到了这把年纪还是没多大转变,跟地里农耕的老牛似的犟得很。

太奶奶的听力已经变得很差了,我喊得很大声她还是听不见,她呵呵地嗫嚅着说"我成了聋子",我说哪有的事儿啊,边说边摆了摆手,怕她又听不见了。等我今年考上了大学,请假当是比高中容易得多吧,待来年太奶奶生日的时候,我该是再也找不到什么理由缺席了。愿这些年的不孝走到了头,是孙辈反哺感恩的时候了。

除了春节以外,这一趟是我高考前最后一次回乡下老宅,老宅总有魔力,能给在外的游子注入微不可察却又实实在在的力量。这之后的半年时光里,各科试卷就像母亲做的油豆腐包里的肉糜似的,无论怎么嵌都嫌少。眼看着窗外日色再次一天天变长,柳枝爆出新芽,最终垂下沉甸甸的枝叶。好像一转眼就入夏来了。

(4)

四月裂帛，二模考放榜以后，父亲神色复杂地望着窗外，淡淡地祈祷了一句："愿这是儿子发挥最差的一次。"一定程度上，祈祷是人们表达愿望的途径，然而，祈祷却也暗含了对命运的俯首称臣之意，这不是件好事。归根结底，事情的关键还得在我——把父亲的无力祈祷看在眼里的我，这跟命运无关。只是父亲诚恳的祈祷未必能换得满意的成果，却把这一摊子丢在了我肩上，这与每个高考家庭无异。

高考结束是一瞬间的事情，此前的过程却漫长得宛如三秋，让身处其间的我们难以相信这一场马拉松会如此匆匆谢幕，那紧接着的留白就靠每位高考生自己去品味了。

我那沉重的书包里躺着的，除了二模可怜的试卷以外还有几张学校下发的推荐表。收到推荐表意味着被给予了参加各大高校自主招生的资格，若通过考试被提前预录取，那大学即是囊中之物了。然而当我捧着这几张推荐表怔怔出神时，却感觉自己如同卷入了一场惨烈的纷争。考试本就是场纷争，却远没有这几张瘦薄的推荐表传递给我的纷争"硝烟"那样直观。被分发到推荐表的我们如同沙丁鱼一样顺着大流，看似整齐划一，个体却未必能有很明确的方向感。时间与竞争迫使我们无法停住脚步，可是即将参加高校自主招生的我们，大多数只是一种陪衬，作为分母去陪衬那些凤毛麟角的，最终被高校预录取的学神。一如迁徙的鲟鱼，总有大批成了掠食者的饕餮盛宴，真正可以抵达终点的寥寥无几，这寥寥无几的部分成了各大高校争相抛递橄榄枝的对象，这难道不是一场异常惨烈的纷争吗？

参加完复旦大学自主招生考试后的周六下午，我和七七一起回到了小岛。那些自主招生的考题后劲十足，复杂得让我们即便回到了学校依然头疼不已。七七提议莫辜负了好天气，不如在校园里一起逛逛，我瞧着湛蓝的天空和温暖的阳光，欣然应了下来。我踩着单车："喂，要不要跳上来？"

这是辆破旧的二手脚踏车，与校园里停放的各式公路车格格不入，却也陪伴了我整个高三。

"你会骑？"她有些难以置信地问。

"废话，别高估了自己的体重，也别低估了嘉爷的车技。"我的口气带有些许戏谑。

她狠狠地白了我一眼，打了我一记背。不过由于后座上锈迹斑斑，担心弄脏白色衣服，她没跳上来。我以几乎踱步的速度骑着车，来匹配她的步行速度。四月份的阳光很舒服，不刺眼，操场上满是在打篮球的学弟们，这样的映衬之下，我真觉得骑破车的文艺青年没啥男人样，像是从 80 年代穿越来的。七七边和我逛着校园边对着上午考试的答案，复旦出的考题那么复杂，我亦不是尖子生，不知她哪来的勇气和信任一板一眼地选择和我对答案。

"我在 BD 里纠结，最后选了 B。"

"我在 BC 里纠结，最后我也选了 B。看来就是 B 了。"她说。

我看着她笃定的模样，真想这样回她："不觉得我们俩很傻吗？"却硬是吞咽了这句玩笑话，扭头看了看校园里的学弟学妹们，转移开了话题："时间过得好快，一转眼竟要毕业了。"

"是啊，谁说不是呢？"

在操场和升旗台间有一个上坡，我为了配合她的步行速度，并未踩踏板，本想靠惯性上去，没想到马力不足，我差点顺势摔下了车。

"哈哈，还说会骑，还好我没跳上来。"看她那得意的小人样，占了便宜似的。我忘了自己是怎么回她这句话的，只是觉得很享受这样的静美时光——暖阳，操场，朋友。

一起逛逛，"一起"说明这件事一个人无法独立完成；"逛逛"则暗示了做这件事的人物间，那真挚情谊。

踩着车回家的路上，我的头脑清明，不禁嘴角上扬。

（5）

五月份的一天早晨，数学老师和我聊起："高三这样重复而高压的日子你觉得累吗？"

我转了转手中的水笔，脱口而出："真希望高考快些结束，无论结果是好是坏。"

这确实是我在高三最真实的想法。

老师却把手伸在背后笑着，那挺着的大肚子显得更凸出了，用轻描淡写的语气对我说："可是当你上了大学后会想念高三的。"

高三第二学期的时光每一天都是煎熬，每一天都会有考试，我像一件蓄力了十几年的弹簧，很想干脆直接崩裂算了。除了模拟考外，新崇中学还会和其他十二所市重点高中一起组织联考，联考的题目难度要比高考试卷难得多，可即便再难的试卷每次也都有 140 分以上的考神。满分 150 分的卷子我也有仅仅考过 90 多分的时候，即将高考，成绩忽然变得不稳定的事实不禁让我陷入自我怀疑："我已经在班里沦为倒数的了吗？"好像事实正是这样。

好像是等待一场既知的结局，我闲散地察言观色身边的一切，把自己拎出了这副繁忙到窒息的场景，顿时觉得我这样对自己丧失了任何责怪或者耻辱感的麻木姿态特别像个混子。可是我已经没有精力去责怪和抱怨自己了，既然这样，就这样吧。我打算就这么浑浑噩噩地回家告诉含辛茹苦的父母，说我不想继续紧绷着了，紧绷着实在让我觉得疲惫，就这样顺其自然地混到六月份算了，何言灿烂在六月，六月是否灿烂与我无关。

意识到自己这么想的时候，转念又意识到自己的脸皮已经厚到了一种境界。"怎么会麻木成这样"，我问自己。一直以来，我都是属于自信心爆棚的一个人，嘴边上一直挂着："要是没有了自信，怎么去奢望世界对你有信心呢？"现在遇上难题和瓶颈了，却反而泄了气似的两手一摊，这很不像样。可不管如何，在一个月后，这一切终究会结束，和生命里所有其他的事情一样。

我曾无数次幻想走出高考考场的那一刻，撕碎书包里的所有考卷，或者跑到那个熟稔的十字路口大喊一声大哭一场，或者给同一考场的同窗一个深深的拥抱。可 6 月 8 日英语考试结束铃声一响，我竟意外的平静淡然，像没有结束似的，像不该这么结束似的。我拿起桌上躺着的准考证，塞进笔袋，收拾好书包，里边的复习卷、错题本还是留着吧，它们是我最趁手的装备，"万一复读呢。"我这么想着。

　　路过潇莼的考场时我正巧遇上了她。

　　"结束了。"

　　"是啊。"

　　"今晚有什么打算？"我问她。

　　"我准备回乡下老家，都好几个月没回去了。你呢？"

　　"我就想补一补这一年落下的综艺节目，得开怀大笑才是，然后希望明天能睡到自然醒。"

　　"挺好的，那我先走了，得赶回乡下吃晚饭呢。"

　　"嗯，路上小心。"

　　"拜拜，老朋友。"

　　……

　　听说那一晚很多同学都出去通宵嗨了，洗一洗身上三年的疲沓和风尘，在精致的餐厅里风卷残云，在 KTV 里放情高歌，对于孩子们的诉求家长们有求必应，似是无缝衔接地换了副面孔。我只记得自己注视着潇莼远去的背影，觉得身上积灰的枷锁被挣脱开了，那个简短的词"老朋友"，是高考结束这天我收到的最心仪的一份礼物。

　　最后的最后，你记得内心慌张过的悸动时刻，但你未必等来对方的回眸。虽然你未必等来对方的回眸，你记得的却是她最美的年华里最美的模样。无须灰心，因为在她面前那么多次故作绅士的你，小心翼翼的你，恰恰也是她记得的，你最美的年纪里最帅气的模样。对于朋友，我们无法执子之手，却可以一直关注着她，并与之偕老，对于一段不太适合发生却难以阻止的情愫，我想不出有比这更好的结局了。

　　最后的最后，赶也赶不走的是一群我愿意与其一起浪费时间的朋友，你希望他们往前看，他们偏偏回头望；你希望自己往前看，你偏偏时常回头望。在这一隅天地里，肆无忌惮耍赖打哈哈，你摘下面具，脱下西装,卸下所有的假装,在最不会假装的笨拙年纪。

七七对我说:"从有一个时刻起,我就知道这辈子我们臭味相投。"

"哪个时刻?"我好奇地问。

"你神经病似的,一言不发就拿起我的水杯喝下去的那一刻。能干出这么离谱的事儿,你和我很像。"

"巧了,我心里也有那么一个时刻。"

"……"

我笑着告诉她:"你说花光所有买自由那一刻。"

第五章　从中国到德国

(1)

　　2012年毕业季暑假的开始,我们新崇中学的一行死党是在海滨城市厦门一块儿度过的,趁着高考分数还未公布可以毫无思想包袱地玩儿。脱下几乎长在了身上的校服,换上衣橱里许久未被宠幸的心爱衣裳,去乡下镇上那阔别多年的理发店里剪一头当下最时尚的发型,蓄了一整个高中时代的茂密胡须,好像唯有毕业了才得空剃掉似的,抽屉里积灰的墨镜终于重见了天日。

　　好久好久没有出门旅行了。

　　信步徜徉于历史悠久的厦门大学,这是我所填报的第二志愿。坐落在海边的校园很美,就像一个大公园似的,附近中山路小吃街售卖的车轮饼精致而鲜香,连吃三个都不过瘾。我暗暗思量,即使落了榜没能考进同济,来这里求学也是不错的选择,远离熟稔的家乡,到一个崭新的城市独自生存。表面上看着乖巧的马驹想要脱缰很久了,而厦门大学这儿的环境似乎就是一片理想的丰沃草原。

　　回上海参加新崇中学的毕业典礼之前,我专程购买了"海洋之心"的戒指耳环项链三件套,想送给Jojo,我想告诉她:"这些配上你的钻蓝色发卡一定美极了!"

　　毕业典礼那天,她满脸惊喜地接过这份小礼物后,娴熟地摘下原有的耳环,换上我送的,高兴地佩戴了一整天。在我眼里,她依然是"霍格沃茨"里最美的老师,这三年的时光似乎在她身上没有留下任何蛛丝马迹,而我们这群闹腾的孩子却有着天翻地覆的差别,脸型不知不觉间已变得更加轮廓分明。

礼堂聚光灯下熟悉的舞台,熟悉的旋律响起,我握着手中的话筒无比认真地唱起《那些年》这首歌,最后一次站于这三年里登了不知凡几的舞台,竟有些失落。这一次,即便没有翔哥,我也可以找准节奏了。

"又回到最初的起点,记忆中你青涩的脸。

我们终于,来到了这一天。"

"回到教室座位前后,故意讨你温柔的骂。

黑板上排列组合你舍得解开吗?

谁与谁坐,他又爱着她。"

回到后台的时候,我忍不住哽咽,脑海里像是过电影似的,满是高中时代支离破碎的片段和瞬间,这三年竟然就这样结束了吗?数学老师预言上了大学后我会想念高三,我却在毕业典礼上就已经不争气地开始怀念了。

从 Jojo 戴上"海洋之心"的那一刻起,于我是一场剧幕的终结,于她也是,转眼又送走了一届,三年一个轮回。我从心底油然而生出的一种真实感觉是,我似乎自始至终都不是这场求学舞台上的主角,而是坐在台下的导演,我亲自看着它完美谢幕。

除了厦门海滨外,这个漫长的暑假我踏足了很多远方,久居樊笼过后无时无刻不想去外面的世界看看。肆意喧闹对着山河湖海抒怀,转悠一圈回家后静下浮躁的身心报了个英语培训班继续学习,只是我做梦都没想到未来的日子里还会和另一门外语——德语打交道。五月份填报志愿那会儿,我和千千万万考生一样满是迷茫,面对厚厚的一本罗列满全中国各大高校的志愿书手足无措,只知道自己要按照大人们谈论的那样,填的四个一本平行志愿都尽量是"985 工程""211 工程"院校。志愿书上,我把同济大学写在首位,那时候想着只要能考进梦想学府就可以了,所填的专业并无太大关系。因为我还不知道自己到底喜欢什么——我喜欢什么行业,想学什么专业?

看看身边的同窗,个个挠着几天未洗、出了油的后脑勺,哪有什么"二十不惑"。二十,分明疑惑得似团打结的糨糊,只是因为一心备考,单一的目的性裹了层糖衣,让这疑惑显得不那么像疑惑罢了。

填完志愿书草稿的那晚,我坐在暗夜的明灯下突然开始审视自己,沿着乱如麻的思绪一寸寸地扒拉开,可它们像有惯性似的马上又合拢起来,做职业测试的时候发现了一个让我不寒而栗的事实:

除了念书以外，我什么都不会，什么都不知道。

　　高三的一年里我看了好几季美剧《实习医生格雷》，最主要的目的是为了练习英语听力、强化语感。在这火烧眉毛的节骨眼上心安理得地看剧，就跟不务正业似的，虚度的光阴于荒芜里生花，让干涸如漠的心底生出一抹新芽。当沉浸于精彩的故事情节里，我打心里面觉得当一名外科医生特别帅气，一双巧手能救死扶伤，社会身份受人尊敬，冷峻的手术台一如最后的生命堡垒，血肉之躯为尖枪利刃，游走在和死神对峙的肃穆战场，战争阒静得针落可闻。和人民教师一样，这是一份会收获满满成就感的职业，我不假思索地把"临床医学"填进了各个志愿第一专业所在的空格，那架势就像一个被认准的夙愿完成了大半似的。Deadline前母亲考虑到当时国内医患矛盾闹得很严重，又说做医生无法享受正常的假期，就把我那可怜的志愿改了，清一色地更改成了工科，第一志愿变成了中德实验班，她说学工科方便毕业后找工作，当一名众望所归的工程师稳定，我能抱住"铁饭碗"。我看着更改过后的志愿书妥协得很干脆，因为自己没那么幸运，可以在一个很小的年纪就发掘到自己的兴趣爱好和愿意为之奋斗一生的事业。我们这一代是否很多人都这样呢，对于这一张薄纸从未深刻地读懂过，迷迷糊糊就填完了，像填一份街头问卷一样，未曾意识到这一决定或许足以改变我们一生的轨迹。

(2)

后来同济大学的录取通知书喜报似的被送到了我家门口,邮递员劲头十足地踢下自行车的脚撑,似乎也比往日精神了三分,被汗渍浸湿的脸庞上洋溢起止不住的笑容,像比我还高兴似的,他咧着嘴:"通知书来啦!恭喜啊,考上大学咯!"父亲正在开一个大西瓜,同样咧着嘴切了一块递过去。那邮递员用袖口抹了抹脸上的汗:"这瓜得吃,蹭一蹭大学生的福气。"两名中年男人像老朋友似的,那画面可真滑稽。我接过通知书,正式成为 CDHAW 中德工程学院(CDHAW 为学院的德语缩写)的一名新生,学院设置了"3+1"的课程模式:3 年在国内上课,1 年在德国交流学习,是一个国际双学位合作项目。这下难不成真的要出国留学了吗?留学这两个字眼遥远得像小时候打针前哄骗用的白色糖丸,是浅尝过却再也记不起寻不回的甜头。这是从小到大想都不会去想的一件事情,总觉得不可能发生在我身上,整个村都没人到达过那个地步,这让我很珍惜学院提供的机会。

我和翔哥约见了一面,趁着放暑假他也从成都回到了小岛上。在新崇中学附近一家我们俩以前常光顾的小餐馆里,我告诉了他这一喜讯。这冥冥之中似乎注定的命运,巧合得像一本小说似的。

他还是老样子,留着没变的寸头,脸上堆满了高兴:"你小子可以啊,不愧是我老弟。"

"我先去德国探路,你要来玩儿我给你当地陪。"

"好啊,吃住全靠你了哦。"

"没问题!"我拍着胸脯开怀地说。

我就这样离开了想离开许久的故乡小岛,在长江隧桥上看向车窗外,岛上的青砖乌瓦一帧一帧远走,车驶进隧道的时候,便再也望不见了。

大学,像学生时代终点处的朝圣地,小学、初中、高中的每一步都是三拜九叩礼,信徒在苦读十多年的朝圣路上终于等来了回甘。在我眼里,这儿的一草一木一疏竹,一屋一柱一雕塑都似源于神祇的召唤,初次走进同济大学校门的时候,连脚步都是悬着的,很轻很轻。

　　这所大学以工科见长,学院所学的专业并不是我很喜欢的领域,工科得不能再工科了。高中文理分科时我选择的科目是化学,对于物理我总是敬而远之。物理的力学和运动学结合起来实在复杂得像玩杂耍似的:一根棍子从空中自由落体,棍子底下有只猴子往上爬,问爬到顶需要几秒? 我觉得但凡这是只猴子,就不会傻到去爬上这根坠落的棍子。

　　可是学院的力学课程偏偏就像抓螃蟹似的一提溜就是一大串,多到让人在阅读选课计划的时候不禁暗暗生畏。这样的后果是之后的大学课堂里我总是缺少一份学习的激情,纯粹功利地为了学分和应试,而非静下心来做实验,搞研究。我终于明白,按照自己的兴趣填报志愿同高考本身一样重要,可是我们总是事后才明白,当下总是糊涂。如果明知方向可能出现了偏差,停驻或者半途而废或许是一种进步,让未来的人生少走很多弯路。

　　这一个于慌乱和糊涂间选择的方向显然并不是最优,倒也不至于偏差到心生反感,那便是万劫不复的深渊必须想办法及时止损了,处于中间尴尬的位置则还值得你我继续尝试。力学倾覆而来的蹂躏并不妨碍我珍惜 CDHAW 以及未来出国留学的机会。

　　刚进同济校园我的心情和三年前走进新崇中学时是相差无几的,这会儿身边站着的都是来自全国高中的佼佼者了,同一届有 5000 多位别人眼中的学霸,我比得过他们吗?

　　我比得过他们吗? 我问自己。

　　学院宿舍位于学校的西南一楼,是一栋古色古香的历史保护建筑。三位大学室友分别是来自山西的木木,绍兴的晖晖,还有安徽的沛沛,我们一连做了三年的室友,朝夕相伴的同济生活里彼此积累下了深厚的兄弟感情,即使大四远赴重洋去德国求学,我们哥四个也相约去了同一座巴伐利亚州南部小城。

　　求学的年生一如升级打怪似的,大学课程的难度该是比高中又上了一层,大一那年我最没底的课程是高等数学,外省市的同学们早在高中时期便已学过导数微积分,唯独我们上海的同学一根独苗似的未曾学过。而我选课选到的高数老师又是学校贴吧里热议的"四大名补"之一,顾名思义,这位老师所教导的班级补考率很高。强烈的紧迫感迫使我每天晚上会去图书馆捧着那本绿色封面的高等数学书预习,第一章"极限"的概念就抽象得紧,那些如蚯蚓似的希腊字母 α , β , λ 组成的复杂公式，推演了好多遍才搞明白，人类可真聪明，究竟是怎么发明这些公式的呢？

我感谢中学时代养成的学习好习惯，从不打没准备的仗，没有搞明白以前自不会轻易地把书本合上；也会去往其他班级问同学借笔记，自我查漏补缺。

人就是这样，最开始的时候总会信誓旦旦地给自己设定一个目标，比如每周去三次健身房锻炼，比如每天阅读十页书，或者背一页洋洋洒洒的英语单词，但这些美好的目标会像空气阻力一样逐渐被我们忽略掉。大一无疑是整个大学生涯里最勤奋好学的时候了，可到了大二大三则不受控似的愈来愈懈怠。大一上学期的任何科目任何习题我坚持独立完成，高等数学测验在整个班级里能考前三名。有件经常被晖晖挂在嘴边的事情是，我曾利用一个晚自习的时间背出了一整本《新求精德语词汇》，回到寝室把他们哥几个给惊吓到了。

"嘉爷，你还是人吗？"晖晖说。

我告诉他们，当全身心投入其中的时候，高效率会把你自己都给吓一跳，专注是学途上忠实的伙伴，它不会辜负每一春花秋月认真执笔的时辰，一晚上背出一本薄薄的词汇书不足为奇。我大一上学期的成绩表很好看接近满绩点，倘若我想，则可以申请转系，去往同济的任何专业，但是我最终还是选择留在了 CDHAW，因为依然没能知道自己喜欢哪个方向，既然这样，倒不如安安稳稳地沉下心来为去日耳曼留洋努力。

（3）

CDHAW 的德语全称是 Chinesisch–Deutsche Hochschulefür Angewandte Wissenschaften，在若干年前是五年制的，后来为了和学校大部分其他工科专业更好地匹配起来，被硬生生压缩成了同样的四年学制。本科的前三年，我们在国内既要像德语系学生那样从零开始接触德语，又要像其他工科生一样学习驳杂的专业技术课，专业技术课既有中文授课，也有德语授课，如此多元的课程设置我们当真是赚到了。在国内的学习生活像一线艺人赶通告似的非常忙碌，必修课表比高三排得还满当，孤木群芳艳，细雨斜风驰，即便适合睡懒觉的周六清晨，我们院的学生也只得罔顾惺忪的睡眼，顶着黑眼圈起个大早，扒拉几口食堂的馒头，骑着单车去彰武路的留德预备部上课。时光氤氲，相隔多年，我依然清晰地记得大一那年我们学院每周有 46 节必修课，每节课 45 分钟，而德语课便占据了其中的一半。

大学原来是这副光景，大人总说上了大学就轻松了，果真又是一句哄骗小孩子的话，欺负我们不懂。和我们学院合作的德国大学类型叫作 Fachhochschule（FH），一共有二十多所。FH 和 Universität（即 University）的主要区别在于前者只设置了理工科和经济学类专业，后者则是涵盖文理商艺农的综合性大学。故而人们很难在世界大学排名中看到 FH 的踪影，但是在以工科见长的德国，FH 具有很强的权威性，若想走工程师的职业道路 FH 甚至要比 Universität 更具优势。

开学的第一节班会课上，辅导员邀请来了几位已经毕业的学长学姐，为我们组织了一场经验分享会，底下有同学直截了当地问前辈们："都说到了大学会很轻松，可咱们学院的课程这么多，特别是每周 20 多节德语课，你们是怎么忍受过来的？"有位戴眼镜的学长露出了略显邪魅的一笑，他的回答简单得只有寥寥几个字，却让所有人印象很深："因为现在学的是德语，以后赚的是欧元。"底下的新生们一阵唏嘘，像听到了什么不得了的大道理似的，在某位同学的带头下竟情不自禁地鼓起掌来。

我深知在这所学院里学好德语的必要性，也觉得学语言是件非常有用且有趣的事情，所以永远占据教室第一排中间的座位。带我德语入门的老师是位慈祥的上海奶奶，戴着的那副眼镜，镜片比啤酒瓶底还厚实，第一堂课上她完美的小舌音（"r"音）着实惊艳到了我们。我在座位上尝试了好几次，纵使压扁了声带也难以发出这该死的音来，老师说每天早晨漱口的时候可以仰头练习，发小舌音时就是那种喉咙里痒痒的感觉。

此后一段漫长的破晓清晨，西南一楼男生宿舍的盥洗室里总有我院的一排学生占据着水池魔怔似的仰头漱口，而这一幅记忆里的画面一直横亘在眼前，氤氲成雾，在每次我回忆起初学德语的时候。

有些人没过几天便开了窍，发出连贯而滑溜的小舌颤音，有些人可能天生不会拥有这项技能，就比方说我，即便过了好几个月还是只能用"h"音去代替"r"音。大一的时候德语书是形影不离的，永远躺在我们的书包里，即使金工实习课间休息的时候大家伙儿都会取出来复习，默默诵读，晖晖甚至是耳机永远粘在耳朵上的，走到哪儿，德语便听到哪儿，他的个子本来就高，这下在校园里显得更加高冷了，生人勿近似的。每个人有每个人的学习习惯，但殊途同归的是要把自己尽可能置身于德语环境中去。

就像高中时代 Jojo 曾经说的那样：学语言应不放弃任何可以学的机会。

就我个人而言并不能忍受耳机戴在脑袋上一整天。走在校园里的时候我更热衷于倾听和交流，拓宽自己的社交圈子。而当白日将尽，日薄西山黑夜轮值的时候，我能躺在床上听着耳机里的德语直到入眠，从听 Slow-German 到看带字幕的 KnallerFrauen（德语情景喜剧《炸弹妞》），从浏览德语学习网到关注自媒体德语大咖，我习惯于在床边搬一张椅子，电脑放置其上运行一整夜，待到倦意袭来的时候很容易睡着，德语成了最佳的催眠曲，只是借由耳机便也随之循环播放了整夜。我并不能下结论这种做法的效果是否优良，也许我的听力和视力也便从那会儿开始直线下降，但生命里很难得的便是"从心"二字，通过耳机里的声波去认识了解德国的过程何尝不是一段享受的旅途呢？我是如此喜欢。

(4)

　　回想起当初世博园内捧着啤酒杯的翔哥那一句云淡风轻的回答,原来德国确实是个理想的留学国家,那会儿德国全境学费全免,生活费也没有其他西方发达国家高昂,一年只需约 8 万元人民币的保证金,这着实让我感到欣慰不少。我一贯不喜欢中国家庭捆绑式的爱,灵魂比身体更需要自由,每多花一分钱我都会觉得是对家庭的亏欠,亏欠感多了大抵是很难再快乐起来了。

　　经济基础以外,想要顺利踏上德国留学之路,根据学院的规定我们要通过一个类似英语托福那样的德语考试——德福 Test DaF。在中国内地 Test DaF 每年有三次考试机会,分别在三月份,七月份和十一月份,考场地点有好几个 :北京、上海、南京、青岛、重庆、广州等,分散在祖国各地若干个大城市里。有的同学会选择在大二那年的三月份尝试第一次考试,大部队则会等到七月份的第二批,从而留给自己更多的复习备考时间。

　　Test DaF 考试的单次报名费用高达 1500 元,这对一穷二白的学生来说已是笔不小的支出了。所以选择合适的时机并一次考过是一件值得思量,也令其他同学眼红的事情。

　　和世界上其他语言考试一样,Test DaF 也分为四科 :听、说、读、写,每项满分 5 分,总分为 20 分。因为学院和德国合作院校之间签署了互惠协议,考生们只需要获得 14 分及以上(且无低于 3 分的科目)便有资格出国交流。而对于其他学院的同学来说,想要本科毕业后申请德国研究生,TU9 的入门资格是 Test DaF16 分(且无低于 4 分的科目)。

　　这九所德国著名大学组成的 TU9,也就是德国为人称道的理工综合性大学联盟,包括亚琛工业大学(RWTH Aachen)、柏林工业大学(TU Berlin)、布伦瑞克工业大学(TU Braunschweig)、达姆施塔特工业大学(TU Darmstadt)、德累斯顿工业大学(TU Dresden)、莱布尼茨·汉诺威大学(Leibniz Universität Hannover)、卡尔斯鲁厄理工学院(Karlsruher Institutfür Technologie)、慕尼黑工业大学(TUMünchen)和斯图加特大

学（Universität Stuttgart）。

在苦学了一年半德语后，这门陌生的语言竟成了我们的"一外"，而那些本该脱口而出的英语单词却常常蹦跶不出来了，两门语言常常在舌尖打架，那烫嘴的感觉竟有些许滑稽。

"三月份的第一场德福，你们打算考吗？"木木问我们。

"我想干脆考掉算了，早死早超生。"我说。

"那不如一起去考吧，没过的话大不了7月份再考呗。"寝室哥四个决定都搏一搏三月份的第一场。

来年三月份的考试，硝烟却早在十二月份便已弥漫开来——抢考位。近年来，考Test DaF去德国留学的中国留学生群体越来越庞大，而各个考场的考位就那么可怜的几个，在系统放出考位后的10分钟内，全国的考位便被一抢而空了。上海考位始终是第一个饱和的，既然如此，我便怂恿室友们干脆一起选没那么热门的广州考位，考完试还能玩一圈，品尝最地道的广式早茶犒赏下备考这段时间的努力付出。

那年期末后的寒假，我们寝室一块儿报了个Test DaF培训冲刺班，只有春节那四五天回到乡下小岛和亲友团聚，剩下的时间都在市区复习备考。培训班的老师既有中国人，也有德国人，学起来非常有意思。寒假的同济校园里分外冷清，冷清得只剩下西南一楼草坪上那一层厚厚的寒霜为伴，如同披上了连绵的素纱，镶满了钻。每天早晨七点被闹钟准时拉扯着起床，骑车去往培训机构。从八点开始上课一直持续到中午，简单的午饭后继续上课直到下午三点半，随后便赶回学校趴在图书馆里浏览德语网站听一些德国电台节目，晚上回到寝室精心修改属于自己的答题模板。那段时光是简单而纯粹的，像回到了高考那年似的，藏于心里的目标是那样明确——我必须一次考过。去趟广州的往返机票并不便宜，加上1500元的考试报名费，好几千的培训班学费，如果没考过就是赤裸裸的浪费钱了，更别提那些无法计算的时间成本，它们可比钱珍贵。

在启程出发去广州前，不少朋友赠予了我一板德福巧克力，这谐音梗在留德圈子里是逃不过去了，却饱含了朋友们非常诚挚的祝愿。他们在那一帧画面里的笑靥和目光，满是似水柔情，空澈得像午后的碧洗晴空，在我的人生记忆里始终不曾暗淡。

"祝你一次过哦！"

"必须的，等着我给你们带广州的特产回来。"

学院里参加这一批次考试的大约有二十来号人，飞到全国各地的考场,一如悲壮赴死的勇士似的。

　　三月份的广州比上海暖和多了,街上来来往往的行人甚至已经穿起了短袖。于考试前一天抵达,在广州外国语大学的考点附近寻一处宾馆住下,我们去往考点领取了准考证,熟悉了第二天的考场。晚上,哥四个窝在酒店的房间里,两两趴在床上继续背诵各自准备的答题模板,互相帮助着掐表演练口语题。

　　诚如又经历一次高考那样,整个人的状态既紧张又兴奋,备战了那么多个日夜等的就是这一天了。在考第一科阅读的时候我真实地感觉腹腔里一阵反胃,思绪也会涣散地想些有的没的,脑子里迫切的声音不断说服自己快把断了线的思绪收回来,这种忽远忽近,虚实不定的感觉很难受,也很久违,实在不想经历第二次或者更多次了,考 Test DaF 于我看来是件"一鼓作气,再而衰"的事情。

　　走出考场的时候,闲适的感觉美好得就像广州三月份的阳光,晴明正好,和煦未曛。考场外这些来自五湖四海的陌生脸庞,此间的素昧平生,擦肩而过,也许在若干年后的德国,我们会成为无话不谈的好朋友。

　　笔尖既已入鞘,剩下的两天就给自己彻底放个假吧。我记得位于上下九的早茶很好喝,沙面的楼宇很西洋,我记得珠江两岸的风光和浦江两岸很相似,也不曾忘怀广州外国语大学是我留德路上一处很重要的驿站。

（5）

　　中国到德国，原来 9000 公里的距离也只要走上短短三年，原来看上去再如何艰险难以逾越的山峰也始于脚下坚实的每一步。申请学院出国名额的另一个必要条件是专业成绩，候选人从大一到大三的学分需得修完，课程都得通过。于我而言这并不是一个大问题，纵使隔三岔五熬夜为了弥补昏睡过去而落下的课程，弥补那些翘课落下的知识，把休息时间当作最廉价的筹码也不以为意。唯有当心底有了直观的把握我才会走进期末考场，一步一步走得格外踏实，这份从一而终的坚持让我三年本科生涯的成绩尚可。真正觉得有如险峰一样极具挑战的，是数目高达 4000 欧元的 DAAD 奖学金（德意志学习交流奖学金），我们专业只有十个名额，取本科三年总成绩的前十名。学生时代里 4000 欧元无疑是一个极具震撼力的天文数字，倘若能得到这笔奖学金我便可以趁着德国留学地理位置之便参观拜谒那些渴求已久的浪漫欧洲国度，不必愧怍地向父母额外索要旅行的费用。

　　由此，大三下学期的时候我几乎卸去了所有社团职务，安心地沉浸在最后一学期的几门专业课程里，尝试尽自己最大的努力取得好成绩，让三年的总成绩再往上提高一些。我看到扑扇着薄翼的飞蛾在图书馆天花板的射灯下一个劲地打转，猛烈撞击却义无反顾，像无止境的盛大狂欢又像颠沛流离的自残，我多么像这飞蛾。

　　偶尔会在某个不经意的瞬间，我在心里打量自己目前的专业排名，哪些同学可能排在我前面。这样暗悄悄盘算其实是一种徒劳，改变不了既定的结果，但求心里的片刻安稳。只是到学期近尾的时候，我终于想通了这事：同学间虽然是竞争关系，谁都眼红这飞来横财似的三万块钱，但我每次在外教专业课考试前还是会在寝室里召开小讲堂，比如给兄弟们讲明白各种传感器和执行器的原理，或者 CAN 总线的分布，兄弟们没能在课堂上听懂所有德语专业词，我则将自己掌握的知识要点倾囊相授。因为我清楚地领悟到，若是被眼前暂时的利益局限，我这人是拥有多渺小的格局。这如今看似天文数字的 4000 欧元，我们任何人在工作后早晚会赚到,但身边的这一群小伙伴,我与他们的友谊是一辈子的事。只身去国外留学这件事光听上去便困难重重,只有身边的这群伙伴可以互相帮忙扶持,共同面对未来世界里光怪陆离的风雨荆棘。倘若万一他们中有人明明默默坚持了三年,在这临门一脚的时刻因为挂科无法再去德国,于他们是巨大的打击,于我何尝不是巨大的损失呢?

友情就像一块烧红的铁块,趁热击打才能继续延展,如若不经营便凝固了,往后便很难再打动它了。我们各自的生命脉络如同一条无法回头的铁轨,一扳岔道或许有些人便留在了昨天,生命的盲盒里可以没有体面的事业或者优越的社会地位,可是不能没有推心置腹的朋友,浩渺烟波过处,临风把酒同船渡,这是一种前世修来的缘分啊。

临近学期尾巴上的时候,我早已不执着于一定要获得这笔奖学金,花开花谢,云卷云舒,顺其自然走完我在同济最后的日子就够了。最后DAAD奖学金名单公布的时候,我的名字也赫然在列。我自然非常高兴,一切当真是最好的安排,思量着到了欧洲有余钱可以游览我想拜谒的地方了,要把地理书、历史书上出现过的名胜古迹挨个打照面。

面对山高险阻急川陡壑,人们会心生畏惧,因为趋利避害是人之本性。然而人类也会聪明地赋予其意义,让它引领自身这具躯壳尝试跨越,并在攀登的过程中采撷到不断涌现出的其他意义,找寻到意料之外的其他答案。人类何其伟大。

若干年前那个乡下小岛上的男孩,那个憧憬着去看看英国贵族遗承下的古堡以及罗马式的神庙和西欧南部小城的男孩,距离他梦想成真的那一天,真的不远了。小家伙,你很棒,真心地恭喜你!

第六章　我可能还不懂爱情

(1)

我想做缠绕你的藤蔓，
直到秋天瓜熟蒂落。
或者屹立不倒的礁石，
岿然迎击你的涛浪。
因为我被你吸引，所以很想浅浅地亲吻你。
因为很喜欢你，所以我费尽气力克制自己。
我曾无数次把你的相片拿起又藏起，
一颦一笑早已镌刻在了心底。
我曾无数次把我的情感拾起又藏起，
在寂静如岭的茫茫深夜里。
你是我生命围场里的第一位"罪人"，
诱我紧紧跟随不离弃。
因为很喜欢你，所以相比起自己，
关于你我甚至记得更多。
我是你一生的回忆债权人，
可有资本不还债的偏偏还是你。

高考毕业以后，有一天我试探性地编辑了一条短信发给潇纯："我们每晚都要互道晚安好不好？"

"好啊，晚安咯。"

第六章　我可能还不懂爱情

"晚安。"

那个烈日杲杲的七月，每天晚上收到她捎来的那句晚安，是我一天里最愉悦的时光，虽然每次都是我发出第一条短信引出某个没有营养的话题，临近半夜时是她先发来第一句晚安终止聊天，我还是兴奋得就连晚上的梦境都是甘甜的。我默默告诉自己，倘若这样坚持了一段时间后突然有一天我不发短信过去了，她会不会失落，会不会主动发短信过来问候我，询问我是否发生了什么事。

我的世界突然变得很简单，倘若拥有潇莼，我就拥有了全世界，只要能在一起真心相爱，即便经历再多的苦难也会甘之如饴，我还贪婪地奢求其他做什么？总不能什么好处都被我一个人得了吧？

少女怀春，少年钟情，青春世界里那无限隐忍的春心趋于盈满，被理智压抑得苦痛万分，我好像理解了深夜电台里那些被 DJ 狂喷着的无措的少男少女，这感觉真的比考试考砸要痛苦得多。我从乡下老宅踩着单车一直到长江边的堤岸上，愁绪被眼前广阔的景致稀释，无边江水不断漫过堤岸前方的巨石，它们是在企图涌过来温柔地安抚我吗？江边的椅子上有好多对情侣相互倚靠着，眺望辽阔的远方，看潮汐起起落落，我好羡慕他们啊！

情绪价值比想象中更昂贵，有很多时候，人们单一的情绪就像被吹进了牛角尖的一坨垃圾，清理过后方能更专注地前行。面对浩瀚长江的发泄，我的心里头着实好受了些。

"潇莼，要不要来长江边散散步？小岛的晚风很舒服。"我拨通了她的电话。

"好啊，正好来和你道个别。"她说。

我买了两杯水果冰，静静地坐在江边的椅子上等她。她要来和我道别吗？是和灏子一样即将离开我的生活了吗？一瞬间，我沮丧得想扎进长江水里头让自己清醒一下。少年情动，不过盛夏薄荷青柠水，浆果碎冰咔嚓响，却像极了过家家。

映衬着红霞漫天，鸥声船笛，我们从共同准备军训晚会的高一聊到整个高中时代那些个排练合唱的晚夕，从每位五尺讲台前的恩师聊到肃穆凛然的高考考场，聊着聊着，两个人都咯咯地发笑了。

笑声止。潇莼顿了会儿后说，她的多数志愿都在外地，不可能继续留在上海读大学了。

"你怎么会没填上海的志愿呢？"我问。

"我还是想冲一冲外地的高校，以我这成绩想读上海这边的好学校过于强求了。"她回答。

潇莼接着说："我妈妈其实是贵州人，下周我就回贵州考驾照去了，那边学车比上海便宜得多。估计上大学前很难有机会再回岛了，所以今天趁机和你道个别咯。"她转过头来对我俏皮地笑了笑。

听了她的这一袭话后，我支支吾吾了半天，终究化成了这样一句话："没事，不管以后怎么样，我们彼此在哪里，都是好朋友。"

退一步不舍得，进一步没资格。可那一个夏天，一晃就过去了。

（2）

进入大学以后,伴随着青青绿草芬芳的还有整个校园里弥漫着的荷尔蒙的味道。很多男生都像脱缰的野马似的追求心仪的女生,特别是在同济大学这类以理工科见长的院校里,男女比例本身便存在着巨大的悬殊,晚了可就没机会了。西南一楼前有一大块茵茵草坪,草坪上长着一排木制的秋千,坐满了新成的情侣们,伴随一场秋雨过后新鲜的阳光,揉碎在一幅专属于青春流年的定格画里,脚边的鸽子伸长了脑袋旁若无人地徘徊在草地里觅食;学苑食堂对面坐落着一处"情人坡",午后上边也都是躺着说笑的少男少女们,这景就跟与世无争的伊甸园似的。

新生见面会互相介绍的时候,兜兜转转最后总会被起哄到过去的感情故事上,似乎这会是一个人成长到二十岁年纪以来最值得说道的事情了。许久不见潇莼,时间好像已然渐渐淡化曾经对她的暗恋情愫,她在陌生的校园环境里过得好吗? 对于大学生活还习惯吗? 最先忆起的竟不是彼此争执那天的光景,也不是毕业后江边的那次长谈,而是高一军训汇报演出舞台上的那袭白裙。在新生们起哄问我感情故事的时候我选择小心翼翼把她藏在心底,添油加醋杜撰些其他情节应付过去。

大学里我加入的第一个学生组织是团学联文艺部,上手第一个重任是十二月初的迎新晚会。为了举办这样一场一年一度的文艺盛会,团学联各个部门经常混在一块儿工作。宣传部有位来自常州的姑娘叫作小白,俏皮可爱的她扎着沈佳宜似的马尾,她拍得一手好照片,面试的时候让人印象很深刻,是唯一一位准备了摄影作品集的新生,让我们所有人眼前一亮。

团学联的学生工作比想象中驳杂,学校里的每位学生能力都很强,也都极具想法,要为这样一群学生群体服务,或者说服他们配合院校工作,需要更多的耐心和情商。很多时候文艺部和宣传部的工作是需要捆绑在一块儿的,文艺部筛选出节目单后需要宣传部配合着拍摄视频,制作海报和礼品周边。就这样我和小白课后经常混在一起讨论工作:视频怎么取景分镜,舞台剧的脚本和选角,晚会经费该如何节省……小白

的普通话很标准,音色丰盈,带有一缕江南水乡女子特有的袅婷婉约,我还怂恿她加入朗诵节目组一起参演,可别浪费了这副天赐的好嗓子。

大学期间我写过不少稿子,上过不少舞台,收获了不少关注,而这故事的开头,要从迎新晚会上的《中德,你好!》写起。

中德,你好!

时光飞逝,日月如梭,三年时光弹指一挥。
三年后,五湖四海,我们相会同济。
带着期待和希冀,采撷梦想与未来,
年华为我们冠上了一个响亮的名字:中德人。

这个世界很小,我们就这样遇见;
这个世界很大,分开就不易相见。
在未来朝夕共处的千百个日日夜夜里,
定有太多太多的人和事值得我们回忆和珍藏。
我们是交错的经纬,岁月把我们编织成绸缎。
我们醉在南方,醉在水乡,任年华似水,似水年华。
彼此走进彼此的生命,开始新的故事,聆听中德的呼吸和心跳。
今天,请释放心中的祈祷和祝福,拉起身边的友谊之手;
今天,请释放心中的真诚与感恩,一起说:

中德,你好!

十八九岁的年纪,花一样的笑颜。
2012的魔咒,玛雅人的预言,没有诺亚方舟的停靠。
然而,我们筑梦中德方舟的起航,拥有同舟共济的信念。
十八九岁的我们,奋力划桨,用青春书写华丽篇章。
十八九岁的我们,用花一样的笑颜化解前路未知的漩涡与暗礁。
中德,你好!

各色菜系的食堂,装点在同济美丽的校园,住在吃货们的心里。
学五前的翠柳青松,三好坞的清幽宁静,是宅男梦寐以求的浪漫。
129操场上的挥洒汗水,打球少年的飒爽英姿,映在姑娘们的眼里。

第六章　我可能还不懂爱情

宏伟拥挤的图书馆,地球人无法阻止的占座,一场轰轰烈烈的傍晚迁徙。

还有古色古香的西南一,不许装空调的宏伟文物,纷飞历史的余香。

中德,你好!

有人会在上课的时候睡觉,在该睡觉的时候玩手机。

有人会在临近考试时,在自习室里临阵磨枪,直到深夜。

有人总在校园里溜达,看到身边成双成对的,羡慕着然后继续单着。

有人已经有了自己的沈佳宜,也有人还在寻找那个幼稚可爱的柯景腾。

有人在月光下的跑道上,看到自己那摊硕大的影子,激起继续减肥的动力。

有人躲在被窝里抽泣,想念遥远的家乡鳞次栉比的楼宇或者馥郁芬芳的田地。

中德,你好!

我们抱怨食堂的汤里偶尔会有多余的蛋白质,但同济美食永远是上海滩的神话。

我们抱怨背不完的德语,但有个叫王大利的励志哥深深地印在我们的脑海里。（王大利：德语教材里的主人公）

我们抱怨打嗝像打雷的同学,睡觉会打呼噜的室友。

但那个睡在上铺的兄弟却成了每天早上免费又有效的闹铃。

中德,感谢你让我们相遇,

一个爱看书,爱学习,爱图书馆的 1 号床,

一个爱网游,爱 Dota,爱 China joy 的 2 号床,

一个爱篮球,爱运动,爱詹姆斯的 3 号床,

一个爱黑料,爱综艺,爱睡懒觉的 4 号床。

中德让我们从萍水相逢成为姐妹兄弟。

中德,感谢你陪伴着,点缀着让我们热泪盈眶的青春,

青春是杯浓咖啡,能让你我精神振奋,却不免丝丝苦涩。

然而,彼时的我们,嘴角上扬 45 度,书生意气,风华正茂。

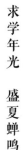

十一月的微风，满是桂花的芬芳，
吹向中德人志气满满的面庞。
十二月的申城，奏响圣诞的赞歌，
苍老的树上烙刻上新的年轮。
中德这位智者哺育新一代的我们。
一见如故不是煽情的华丽措辞，而是你我心灵间淡淡的默契。

你来了，
对，我来了。
我知道你会来，
我知道你知道。

你爱这里，
对，我爱这里。
我知道你会爱，
我知道你知道。

　　朗诵组的另外两名成员是小楠和颖康，声音和外形条件同样是学院里的佼佼者，他们如此优秀，小楠还是江西省生物竞赛的第一名，而颖康是高中的校学生会主席，我总觉得自己是那样平庸，何德何能可以与他们站在一个起跑线上。通过这次偶然的合作，我们成了大学生涯里彼此最要好的朋友，而在那些年学校需要朗诵的场合也总少不了我们比肩的身影。

　　颖康说：“能找到志同道合的朋友真是幸运。”
　　“是啊，不容易，所以很幸运。”

　　在上大学以前，母亲曾建议我利用业余时间多参加大学里的活动，那时我只以为各类活动是锻炼自我能力的契机，未曾意识到，也是收获坚实友谊最好的平台。用些许课后的慵懒时间，换得人生中不渝的情谊，这或许是我此生做过的最值当的交易。

　　在策划晚会的过程中，有过争执，有过困扰，也有过误会，但更多的是放肆的大笑，是深夜去衷和楼顶一起透过巨大的落地玻璃看着上海的繁华夜景喝啤酒，是未赶上地铁末班车后那段绵长且不孤寂的夜路，是彼此的理解和释怀。我们看到更多的是彼此身上闪耀着的优点，他们都是身上发着光的人。

真的。

迎新晚会顺利结束后，在嘉定校区回四平路本部的大巴车上，小白挨着我坐，团学联每位工作人员都疲倦得紧，车厢内鲜有谈话议论声，静得只剩下轮胎摩擦地面发出的低沉声儿。小白耷拉着脑袋以至于马尾翘得老高，眯着眼似是陷入了睡眠，像其他人一样。这一阶段的共同努力换来了一台成功的晚会，她的优点我看在眼里，她承受的压力和委屈我同样看在眼里，我觉得她很好，但似乎没有足够撩拨起我的心动，至少，没有当初面对潇蕙时的那种难以克制的热烈感觉。

脑海一如车窗外朦胧的夜色一团模糊。困意来袭间，小白的头突然搭在了我的肩膀上，把我一下子给整清醒了，那触电似的感觉使我维持既有的姿势僵在原地，动弹不得。旁边的同学发现后开始小声讨论，狗仔似的悄悄偷拍，我低沉着头利用刘海的遮挡假装已睡着，闭着眼睛不予理会，不知道小白那会儿是否同样清醒着，一瞬间我心乱如麻。回到四平路总部，小白突然从包里掏出了一块精致的小蛋糕，一层巧克力酱上缀着几枚饱满的杏仁："今天的朗诵我们合作很完美，这块蛋糕送给你就当庆祝了。"

我不禁愣了一下，她是在晚会之前就准备好了吗？

"是啊，合作完美，谢啦！"

（3）

"蛋糕味道怎么样？"晚上，小白发来了这条短信。

"很好吃，已经吃完了。"

"我买的时候这是店里最后一块了，我都没舍得自己吃。"

"那我尽量消化得慢些，让它在我肚子里多停留会儿。"

在迎新晚会前两个月的准备时间里，两名单身少男少女因为工作而朝夕相处，我和小白却早已被同学们单方面地凑成了一对，莫名其妙地我竟真的会对小白额外照顾，那感觉就好像心存一丝优越并且乐在其中，特意为了迎合同学们的起哄似的。

德语课的教室在两公里以外，彰武路校区的留德预备部，一上便是一整个漫长的上午，我俩常常早晨一起从四平路骑自行车到彰武路，她在车道内侧，我在外侧不紧不慢地护着，穿过一个个纷繁的红绿灯，穿过不熟悉的拘谨和一次次有意无意的试探。在傍晚安静的图书馆里，我俩缄默地坐在对面，拿着尺子描画机械制图，画到闭馆音乐响起，背起书包穿越人流走过樱花大道继续向南，那赤峰路校门口云烟升腾的各式摊位是我们钟爱的大排档，自西向东延续好几百米。

小白很喜欢吃手抓饼，加两枚鸡蛋一根里脊肉串，番茄酱和沙拉酱各半，摊贩用油乎乎的刮板将面饼压出诱人的香味来，热气袅袅升腾，将赤峰路渲染成了烟火人间。这摊位就在校门正对面的位置，我俩每周都去光顾，吃得体重"嗖嗖"地上去了，气氛有些上头，暧昧跟着上去了。

"你觉得我们学院怎么样啊？"她双手捧着刚出炉的手抓饼，浅浅地吹了两口气，想让余温稍加冷却。

"挺好的吧，在这里过得很充实。"

"确实还行，不过我还是很想去建筑系。"

"你想转系？"我诧异地望向她，接着道，"其实如果可以我也会考虑建筑系，毕竟它是同济最强的专业。"

大学里确实是可以申请转系的，如果大一的成绩足够优秀，又能通过专业老师面试,便可以直接转系。工科专业之间顺利转系后无须再花时间补学分,因为大一各系学的全都是大学基础课——高等数学、大学物理、机械制图等相差无几的课程。但建筑系比较特殊,除了常规面试外还设有绘画考试,两项都通过才能转系,一旦顺利转过去了,也需要重读大一,补一些设计、绘画结构类课程。

"我也不知道要不要转系,但学建筑是我的梦想。"小白说。

"如果真的很想,就放手一试,别留遗憾。"我说。

由于我和小白的暧昧不清,我俩所在的寝室之间关系也变得十分紧密,经常会在西南一楼前面的大草坪上野餐,席地而坐,一聊就是一晚。在教育超市里采购一堆薯片零食,酸奶和水果味的鸡尾酒,我怀念这样月朗清明的时辰,那是从来不会介意草坪脏不脏,不会介意是否有昆虫蛰伏的少年时代,为数不多的烦恼也任晚风吹散了,被月光融化了。这来自地北天南的一名名优秀的同龄人,在最美好的年纪里成了朋友,单纯而幸运。

"你俩喝个交杯呗!"木木和晖晖坏笑地挑着眉,对我提议道,两个小伙子一唱一和,跟演双簧似的。

"滚滚滚!"我唬了他俩一眼。

沛沛则在旁边盘着腿,安静地笑。

我那会儿是什么心态呢?一面心底里在窃笑这被起哄成为主角的境遇,一面又质疑自己对小白的情感不像爱情。所以这玩笑一样的交杯,我万万不可照做。

在大一生活从兵荒马乱渐渐归于平顺的时候,大学的第一个圣诞节如期而至了。12月底的上海很少会像北方那样降雪,没有寒酥雪落的圣诞节总好像缺少了些什么,可上海冬季的体感温度却是阴寒得紧,朔风呼呼地吹,把来自北方的木木给愁坏了,质问我没有暖气的上海人是怎么过冬的。我撩起裤脚管露出脚脖子说:"看吧,我还没穿秋裤呢,我们南方人抗冻,不怕冷。"

"等你年纪大了小心得关节炎。"他翻了个白眼,随即把被子捂得更严实了。

这天下课后,我和小白所在的两个寝室一块儿去学校附近的五角场聚餐,搭乘两站地铁就到了,商场的圣诞节氛围已然浓郁,广场中心亮

起了一棵高高的圣诞树，整个上海，以每座商场为纽扣，穿上了一件名为浪漫的新衣。

"圣诞节那天你们打算怎么过？"晖晖问。

"听说今年新天地那边会搭建圣诞集市，从效果图看搞得像欧洲似的，不如我们去那边转转？"沛沛边打开手机展示着网上色彩纷呈的效果图，边兴奋地答道。

"这个主意好，咱可以提前感受下欧洲的圣诞集市，以后去了德国不至于啥都不懂。"

"行啊，哎，我们要不要再去彰武路把德语教室装扮一下呢？"

"给同学和老师一个惊喜吗？这个主意也很棒！"

聚完餐，我们八个便逛超市，采购节日装饰品去了，虽然花的是自己本就不宽裕的生活费，可是快乐溢于言表，甚至好久没有那般淋漓尽致的快乐了。

大学课堂里我们上的通常都是"大课"，一个大教室里坐满百来号人，要不说为什么大学生总喜欢翘课呢，除了本身性子懒惰或者不想起床以外，还有个原因是：底下不固定座位地落坐着那么多学生，老师基本上不会花时间点名，真要点上一遍还不得半堂课过去了，所以最多偶尔抽几个名字点一下意思意思；德语课是大学时代里为数不多的固定教室固定座位小班化教学，每个班级只有十几二十名同学，就像延续了中学时代的学习氛围一样，德语教室能带给我们一份熟悉的归属感。故而在装扮教室的时候我们几个格外用心，小白和我布置教室前部，他们负责后部和窗墙，八个人分工明确。

在我用花体字在黑板上写下 Frohe Weihnachten（德语的"圣诞快乐"）后，小白在一旁画了个"圣诞老人"，她的绘画功底很不错，就和她的摄影技术一样拿得出手，粉笔下的线条很是流畅，十分钟就画出了个长得特像德语老师的"圣诞奶奶"，鼻尖上架着一副眼镜，样子可掬，着实可爱。

"如果你打算转去建筑系，绘画这一关对你来说也太小菜一碟了。"我看着她认真的侧颜说道。她的睫毛很长，微微上翘，如果手头有牙签我特想做个实验看她的睫毛能否将其支棱起来。

小白继续对着她的作品做着细节上的修缮："哪有，建筑系考的是素描和结构，又不是漫画。"

"你肯定没问题的。"我这个外行人讪讪地笑。

"那你呢,决定要转系吗?"她转过头来问我,"赤峰路上有家画室,我去询问过了,价格不贵,我打算下学期去报个班好好补一补素描技法。"

"我……我寒假里再考虑考虑吧。"

"恩。"她把头转回了黑板,又看了一眼我俩的作品。

晖晖已然把充好气的气球粘上了天花板,木木他们也和女生一起在干净的窗户上粘好了各种配饰。整个教室在我们的几番捣鼓下换了新装,充满了节日氛围。

圣诞节那天一直到下了课人去楼空,也不曾有人知道这装饰是由我们几个悄悄扮上的。很多时候快乐无须来自他人口头上直接的褒奖,这反而让骨子里谦逊的中国人不好意思,要知道,旁人弯曲的眉眼和上扬的嘴角已然是最好的褒奖了。

大城市的圣诞季被商家们装饰得很是华丽,上海节日氛围最浓郁的地方无疑是市中心的新天地那一块儿。街道两旁的法国梧桐缀满了暖色系的黄色小灯,缠绕成不同形状,圣诞树下的广场上,主持人眉飞色舞地邀请路人参与商场的节日庆典活动,上百万的豪车扯着低沉的嗓子飞速地驶过,这大概是这座城市里最奢华的地段了,代表了大上海的门面。圣诞集市里外国人很多,德国人的比例也不在少数,我们一群穷学生穿梭其间,一面享受这新鲜的氛围感逛着各种摊位,一面竖着耳朵使劲练习德语听力,不时抿上一口手中的 Glühwein(热红酒),咬上一口做成圣诞老人样儿的姜饼,好奇地像小孩。

我们确实还是小孩,在这一群或西装革履或奇装异服的人群中间。

离开集市后,嘈杂归于平静,平静得让人不习惯,见过次第盛开的鲜花,又怎会甘于骤雨后的绿肥红瘦?我们一行人并不想早早地回学校,便沿着附近的人民广场散步,这天偌大的人民广场几乎没什么人,大伙儿肯定都在商场或者饭馆酒吧里嗨着呢。走到广场中央的时候木木说:"这背景不错,给你俩照张相吧。"

"行。"

站定的时候背后突然一声巨响,回头看原来是沉寂着的喷泉升起,这丝毫不差的时间卡点,就如同有人专为我们而准备的惊喜似的,令人一瞬间怔在当场,瞪着眼睛你瞧瞧我,我瞧瞧你,就跟怎么也不敢置信似的，我掏出口袋里的手机看了眼时间，正好晚上9点整，人世间最绝妙的词语莫过于巧合这俩字儿了。

水花跃动着优雅的华尔兹演变成不同的形态，我们驻足看了好久的喷泉，就像要把水的每一点运动轨迹都看明白似的，转身的时候发现伙伴们早已走去喷泉的另一侧，这边只剩我和小白两个人傻傻地站着。这群好哥们助攻得漂亮，只是我实在没有办法说服自己继续和小白深入交往下去。这很不负责任。

"唉，你们有意思吗？"我苦笑着嗔怪木木他们，远处灯光下的他们插着裤兜笑了笑，没理我们继续漫无目的地往前走。木木把群里这张我和小白在喷泉前驻足的照片，给传到社交媒体上去了，搞得整个学院都默认了我和小白已正儿八经在一起处对象了。

我其实提前给小白买了毛绒帽子和手套，回到学校把女生们送到宿舍楼下后我从书包里取了出来送给了她："上海冬天挺冷的，注意保暖。"

她笑着接过打包得很精致的礼物，开心地上了楼。

楼下的榕树旁留下的是一位渣男的背影。是的，我好渣。

当晚小白的室友便给这份礼物拍了照，在社交媒体上配合着图发了条状态：小白真是缺啥就能有啥。后边附了两个偷笑的表情。

要说为什么单独会给小白送礼物，我也不知道，就是想了。有一点可以肯定的是，我非常感谢大学初露头角的这段时间里她给予我的帮助，不管是繁忙的学习生活还是繁重的学生工作，没有她的帮助我连微积分的公式也用不利索，没有她的帮助哪来那么成功的迎新晚会呢。

当天早上老师同学们因为教室里的节日装饰而惊喜；而我来到座位的时候同样因为桌上的一份小礼物而惊喜：那是一只红红的苹果和一封信笺，打开后，里面是一幅精巧的铅笔画，画着沈佳宜和柯景腾在台北的平溪放天灯。

（4）

大一上学期的期末考试结束后,离各自回乡过年还有段清闲的日子。窗帘拉得严丝合缝不让任何一束光透进来,寝室哥几个一睡就能睡到下午,蜗在暖暖的被窝里不忍心将手臂伸出去,一直闷到手机屏幕起了雾,眼睛看得生疼才像艰难下定决心似的一骨碌坐起来。起床后大伙儿不是参与同学组织的卡拉OK局就是逛商场聚餐,或者一起去参观上海的景点,日子过得逍遥自在,每天把时间浪费得心安理得。

也是从这时起我对小白的态度变成了逃避,不去参加那些个嬉笑玩乐的场合,待在冬季昏暗的宿舍里一个人默默看剧。暧昧和迎合在相对短暂的时间跨度内谁都可以假装,然而时间一长总会暴露问题,没有结果,也不会有好结果。20岁的年纪,我们都憧憬纯粹的爱情,纯粹得不曾掺杂物质基础或者家庭背景,只有吸引本身。如果心里没有100%的喜欢,付出的感情算不算欺骗,暧昧迎合算不算耽误?

有一天七七来同济找我玩耍,说让我带她参观同济的校园,与其说玩耍不如说是久别重逢,互诉烦忧。她在高考中发挥得很出色考上了上海交通大学,同样是沪上一所以理工科见长的大学,优秀的男孩一抓一大把。我俩徜徉在掉光了叶片的杉树小道上,没想到她正和我面临着几乎一样的烦恼:她和一名男生在一起恋爱几周后,觉得并不是她想要的感觉,她不知道该不该提分手结束这段尴尬的关系。

"我觉得他太中规中矩了,没有惊喜没有浪漫。"七七两眼无神盯着前方的石子路说,"我们会一起吃饭,一起泡图书馆,偶尔出去看个电影。但两个人没什么共同话题,这让我很难受。"

"我觉得我们这代人不太会谈恋爱。"我思忖片刻,"一起吃饭,学习,看电影……这也是我能想到的恋爱时候干的事儿了,我若是和别人处对象,好像也想不出别的花样来了。"

"他也会给我带早饭,会送我回宿舍,但接触过程中他就像一锅温开水,你明白那种感觉吗?"

"你是不是觉得他或许适合过日子,但不适合谈恋爱?但过日子或

许该是28岁以后考虑的事儿，现在20岁的年纪想要的不是这个。"

"我觉得你说得很对，就是这种感觉。"她撇了撇嘴看着我说道。

我考虑了片刻对她说："我不想影响你自己选择的判断，但无论你做出什么选择，我都支持你。"

这是我们此生第一次可以无拘无束地去感受恋爱，没有父母老师的条条框框或者有意无意地阻挠，我真的不想以一个同样恋爱经验几乎为零的朋友的身份去影响她的判断。对于终于能呈现于光天化日下的恋情我对七七只有满腔祝福。在国内，相较于上大学以前那些悄悄然无限隐忍的暗恋情愫，很多人大学的第一段感情或许才称得上是初恋吧，初恋之甜或涩，当由自己把握，细细体味。

然而于我内心深处真实的想法却是：当你为此觉得烦扰之时，其实你已然有了答案。爱情之美在于其真实而纯粹，若并非如此，我理当会选择孑然一身，宁缺毋滥。每个年纪有每个年纪的体验，人生之所以丰盛是因为它是由不同的体验组成的，28岁和20岁不一样，20岁和18岁不一样，眼中的爱情也不会一样。如果20岁考虑了28岁的事，那究竟是老成呢，还是遗憾呢？岁月可是一场有去无回的旅行啊！

在和七七的这次长谈过后，我也终下定了决心，最后看了眼铅笔画上放天灯的美好画面，然后小心翼翼地封存进了某个盒子里，我不该耽误小白了。及时止步或许是此间我能想到的最负责任的一种方式了。

"你是身体不舒服吗？这两天都不见你的身影。"小白给我发了信息。

"没，我就是特想一个人待着，你们在外边好好玩噢。"我回过去。

"晚上回宿舍的那条小路很黑，我有点害怕。"她说。

"别担心，学校里很安全，大胆些。"我说。

往后的个把月里我选择了以这样冷暴力的方式拒绝着小白的任何关心和暗示，或许我该勇敢地直面，与她挑明了讲清楚自己内心真实的想法和感觉，可因了我们只停留于暧昧而未明确关系的尴尬阶段，我总归觉得自己没有立场去开诚布公地袒露心声。在日子一天天奢侈地蹉跎和磨耗过后，这样的念头也很快被泯灭，我更无力去面对了。这条慌乱的心路历程就如同开弓之后没有回头箭似的，当我后来意识到这样的方式同样很伤人的时候，已是很久以后的事了。

许久以后当我真的遇见一个很喜欢的人时，当我连见面时的表情也反复练习,连短信内容都小心翼翼地反复斟酌,却未能得到预想中的反馈时,我终于明白那些沉浸在臆想里的画面,那些纠结万分的时光,那些偶然被"施舍"的甜头显得毫无意义。上了大学成了年,然而我好像不懂爱情。

　　大一下学期,小白如愿通过了笔试和面试,转去了建筑系,我为她感到高兴。只是往后去彰武路校区的路上没了她骑车的身影,团学联活动策划会上没了她的出谋划策,我们往后的人生轨迹也鲜有交集。

　　直到沛沛有一天鼓足勇气地和我说:"我想和你说件事儿,我打算去追小白了。"我怔了怔,心里头像缺失了一块似的,这是怎么了?喜欢你而你又不那么喜欢的人还不允许被别人喜欢了?我苦笑自己有什么资格感到空落呢?轻轻拍了拍他的肩:"去吧,喜欢就去追,没必要和我说的。"

　　躺在宿舍的床上,我回忆了良久,沛沛藏得可真够深的,我竟从未觉察,那些个他在一旁默默赔笑的时刻,甚至假装跟着起哄的时刻,心里该是多么难受。沛沛和小白往后的恋爱细节我未去打听,只知道他俩也仅处了短短几个月,我们谁也没有成全谁,青春送了我们一场闹剧,只是热闹无羁的宿舍里,"小白"这两个字再也未被提及。

　　好在故事的结局我们并未书写得很难看,时间会让我们把曾悬而未决的问题看淡,再放不下的事情也总有完全释然的时候,我和小白还能留在各自社交媒体的关注列表里,不时点个赞留个言,以老朋友的口吻偶尔关心,就挺好。

第七章　我好像抓不住亲情

(1)

真的有来日方长吗？

只是每当途经春花秋月，夏雨冬雪的时候，我们的步子都变快了，不知是它们不好看了还是我们长大了，不知是环境增速了还是我们冷漠了。在表达载体渐渐告别纸笔的年岁，一封单薄的家书显得不合群似的，却一如沙砾中的珍珠一样珍贵。我执笔为剑的漫长学生时代里，唯一一次给家人写信竟是学校组织的一次活动，学校趁着三八妇女节的契机，要求学生们给家里的女性长辈写上一封书信。多年前为应付任务却亦十分真挚的一次提笔，在多年后成了奶奶朱漆脱落的抽屉里，一份悉心的珍藏。

敬爱的奶奶：

在我辈的潜意识里，仿佛像您这一辈的妇女已不是"三八妇女节"的主角，这天的鲜花和掌声只属于"年轻妈妈"。可毋庸置疑，这个节日同样属于您——我的奶奶。孙儿在此祝您身体健康，妇女节快乐。

收到这封信您一定非常惊讶，学校组织了这次书信活动，但同样的，这也是一个平台，交流的平台，让孙子能讲出心里话。因而我不想用华丽的辞藻来"玷污"这书信，那样反而过分煽情，做作不真实。

首先，我要对我步入中学以来对您的疏忽表示歉意，学业重了，没有那么多陪伴的时间了，其实我们之间发生的种种孙子都铭记在心，永不忘记。

记得很小的时候我顽劣不懂事，三两天便和堂姐吵架，其实每次都是我不好在先，挑起事端，但您一直庇护我，反过来批评堂姐，说什么"你长大了，让让弟弟"之类的话，惹得堂姐饱受委屈，哭着鼻子进了自己的房间。我知道，您并非"重男轻女"，您那是疼我。

记得我五六岁那会儿，任性得不愿上幼儿园，您连哄带骗对我说只是去幼儿园里玩一玩滑梯。结果趁我玩得正欢您把我一把抱起送到了老师那，您苍老的脸庞忍受了我好几记无情的巴掌。

记得小学二年级，老师教我们唱这首歌《让我们荡起双桨》，一回家我便在您面前卖弄自己的歌喉，可唱至一半忘了歌词，怎么也想不起来。那首歌您也会唱，于是那天晚上您想了一夜终于回忆起了剩下的大部分歌词，第二天很有意兴地唱给了我听，我眉开眼笑的，但您顶着疲累的双眼。

记得小学里有一年组织"元宵节拍灯会"活动。您认真地坐在灶膛前的小板凳上琢磨着如何扎灯笼，最后您给我和堂姐各扎了个六角灯笼。虽然它的框架并不那么端正，虽然糊上去的纸花并不那么整齐美观，虽然那灯笼最后在学校仅以"一元"低价拍出，但我明白，灯笼承载着您对小辈的关爱，饱含了您对孙子的深情。

记得一天放学回家我争嚷着要去放风筝，您二话不说去找轻质的纸张和干芦苇，搞得满屋子芦花飞扬。当我和爷爷去田地里放风筝的时候，您却在打扫屋子里的芦花。对了，那天咱们的风筝飞得老高老高，收线回家的田埂路上，村里头其他小朋友都投来了羡慕的目光。

记得以前每个暑假我们都在院子里打牌消遣，您和爷爷陪着我，教会了我"争上游""八十分"，让我明白扑克牌竟有那么多种玩法，也让我看到了用麻将搭建的多米诺骨牌有多神奇，在我沉浸娱乐中的时候您总是拿着把芭蕉叶做的扇子帮我赶走扰人的飞蚊。

记得每年一次您带着我去中兴镇的寺庙里烧香拜佛，您的父亲，也就是太爷爷的牌位便安置在那里。您让我和您一起下跪祈求太爷爷能保佑我们。而我总是心不在焉，睁着眼睛看您祈求的样子，您神情庄严，双目紧闭，双手微颤着，有时，有液体从您的眼角溢出，这是一种虔诚。面对林立的罗汉和佛像，面对太爷爷的牌位，您都许下些什么心愿呢？一定是保佑我们一家健健康康，平安顺遂吧……我们一定健健康康的！

记得和您一起掰玉米碾玉米，一起在田里捡拾收割机收割后遗漏的稻穗，一起在土丘上挖番薯……但印象最深的是咱们一起去爷爷的故乡——嘉兴。

十年前,您和爷爷带着我去了趟嘉兴,让我见到了烟雨楼,南湖上的小舟,让我看到了城市的繁华,出租车是长什么样的,让我第一次乘上了火车,第一次品尝到了五芳斋的肉粽。前些天,我翻开了咱们那会儿一起拍的相册,古老的相册还很好地保存在那儿。那时,您和爷爷的头发还是黑的呢。在嘉兴临行前买的万花筒玩具还在我屋子里摆着,就是带有小丑图案的那个。

十年后,去年五一长假,咱们一家又一次去了嘉兴,但不同的,"问路"这个任务交给了爸爸,您和爷爷只要跟着咱一起玩就可以了。以前乘公交车或出租车,如今乘上了轨道交通。十年前,我只有 7 岁虚龄,身高不足 1 米 20。十年后,我十七,身高 1 米 70,您和爷爷却老了 10 岁,黑丝变为了银霜,终成白发……5 月 2 日那天,在血印寺祭祀完爷爷的父母后,我们一家沿着京杭大运河步行去了三塔,而您因为路途尚远没和我们一起去。照片冲印出来后,您惋惜地怪自己不争气没一块儿去,要是一块儿去了照出来的便是三塔前的一张完整全家福。不过没关系,以后这样的机会多的是……那些天我们住在宾馆里,您第一次吃自助餐,兴奋极了,这次轮到孙子去帮您打饭倒豆浆了。

时间过得真快啊。奶奶,孙儿的不懂事让您操心了……

您知道我爱吃田沟里的小河蟹,每次刨完地或施完肥后都去沟边挖十多只小河蟹回来,凑够一碗的量红烧着做给我吃。

您也知道我挑食,每次我到您家吃饭您都骑车去镇上买半只酱鸭或两个两块五毛钱的炸鸡腿,回来后还给我烧紫菜汤,汤里头还卧上一枚溏心蛋,放些小虾米。无论天气多恶劣,您总是这样,您腰椎腿痛,手指总是皲裂,整天贴着白乎乎的橡皮膏还患有高血压、白内障。每次您提着个竹篮子跨上自行车,腿一抽一抽的样子,孙儿心里也不好受,真的很不好受。

这段时间我又患上了血管炎,您天天为我煎中药,已经好几个月了。那天我还见您在马路旁捡拾被风吹断落地的树枝。柴火还缺吗?别太累了,缺柴火就对我爸爸说,别再费力去捡了,身子一蹲一蹲的腰只会更痛。我知道您比我更希望我能早日康复。告诉您一个好消息,我脚上的病恙已经好很多了,再吃几个月中药估计就痊愈了。放心吧。

孙儿知道您小时候成绩一直是班里数一数二的,毕业后去了南京的一家厂子里工作,终于离开了落后的崇明岛。但由于三年自然灾害的变故,您只能还乡。跟您恋爱中的爷爷和您一起回到了崇明,过起了一般妇女耕织的生活。有时候,我真的蛮羡慕您和爷爷之间的爱情的……奶奶,该享享福了。别忙活一辈子,钱可千万别存在那儿了,该用就用,多买点鱼肉吃,太奶奶还健在,也让她吃好点儿,补补身子,成为咱家族的第一位百岁老人。别等我到您家吃饭才翻出存在案头的那沓钱,也别说存钱为了给您孙媳妇或孙女婿买戒指当见面礼。真的不需要,我和堂姐宁愿您能吃好穿好,我有足够的钱花呢。以后赚了钱还要带您去上海玩。您最想去哪儿呢?北京?桂林?杭州?还是嘉兴?所以,我要您和爷爷都活得健健康康的。

　　奶奶,晚上被褥盖得严实些,要是觉得冷也不要为了省电而不用电热毯。今年的天气很怪,比往年寒冷多了,还是天天开着电热毯睡吧。太奶奶年纪大了,有时不太懂事,也别大声责备她,反而把您自个儿的血压给升上去了。吃完晚饭记得在小院里活动活动锻炼锻炼……

　　祝奶奶身体健康,妇女节快乐!

　　此致!

您的孙儿

2009.03.05

(2)

　　书笺再如何情真意切也抵挡不了滚滚红尘的残酷,岁月催人老,它就像磐石般的铁血判官,不会因为人间的至真情意而睁一只眼闭一只眼,开个后门下手温柔。奶奶后来还是不堪腰痛的折磨,去医院动了场大手术开了刀。医生看着片子一字一顿地说,这么多年的累积,不开刀的话以后只会越来越受罪,疼得夜不能寐是板上钉钉的事儿。医生还说,现在这个社会患有腰椎间盘突出的群体已越来越年轻化,人们积劳成疾,还总是不以为意,30多岁来医院开刀的小年轻大有人在。

　　此时的我在哪呢?我深居于寄宿制学校里两耳不闻窗外事,埋头应付学业,应付成堆的试卷和考试,日子如同拷贝似的索然无味却又无可奈何。我甚至连奶奶开刀这样的大事都不知晓,父母亲怕我分心,影响学习硬是对我缄默其口,只字不提。我确实也没有办法回家去,回家也帮不上忙,还是姑姑私下给我发的短信,叮嘱我有空打个电话回去以表关心。

　　那天我呆呆地伫立在学校教学楼下的小竹园旁,盯着短信内容里的那几个字怔怔出神,像读不懂这些个字似的,一面是满脑子疑惑主观上连连否认,一面是强迫自己消化这不可能为假的事实,姑姑她从不骗我。

　　全麻的痛苦我没有亲身经历过,那痛感无从想象,也无法想象奶奶手术过后连续好几个月卧躺在床休养的模样,这期间所遭受到的麻烦和困苦。等到学校终于放了假,我收拾行囊回到家的时候,发现奶奶已消瘦了一圈卧在床上变成一个没有力气的老人。

　　人的衰老,似乎就是这样一瞬间的事情。

　　从健康无恙,脸色红润到沧桑无力,卧病于床,因为我整个过程的缺席,以至于在记忆里这两幅天壤之别的画面中间没有任何的过渡衔接,这样的视觉落差足够让我饱受震撼。然而,我曾经在信笺里信誓旦旦书写下的诺言和美好,似乎再难付诸这荒诞无情的现实。奶奶再也去不了太远的地方,也爬不了锦绣的峻壑山川。

　　父亲和大伯想平摊奶奶的巨额手术费,硬是被爷爷拒绝了,这位当过兵的老汉有他最后的坚持。虽然农村医保能覆盖一部分费用,但这变故还是一下子花光了两位老人所有的积蓄。平素里的拮据竟换得这样一个结局,让我分外心疼,也很不解,很想大声控诉这个冷漠的世界,为什么少年人的成长会如此漫长,为什么多年寒窗苦读我还是没到挣钱的年纪?

奶奶躺在床榻上看着我笑,我便把头枕在手上同样静静地看她。原来呵,老人家的头发早就花白了,只是以前总会不服老地去镇上的理发店把白发悄悄染黑,在我们白天出门奔走于学习工作的时候。可如今长时间地躺卧,所有秘密都藏不住了,白发不争气,它是奶奶的叛徒。

你所能清晰感受到的是,亲情它就像是手中始终紧握的坚冰,你觉得只要这样攥紧便永远不会失去,可距离往来、无常世事一如掌心的温度无不一分一秒地加速着它的融化。然而当你意识到这现实的时候会放手吗?

我不会。

躺了几个月后,奶奶终于能从床榻上下来了,可以不再佝偻着腰板,也不用依靠双手支撑着后腰费力地行走。她笑着说:"终于不疼了,以前真的疼得睡不了觉。"

我抽了个空闲的周末回了趟家,像小时候那样陪两位老人看了会儿电视新闻。

奶奶问我:"这周日什么时候去学校?"

"还是老时间呗,吃完午饭。"我回答。

看新闻的时候爷爷喜欢评头论足,有着一腔关心天下事的饱满热情,奶奶则喜欢安静地听他高谈阔论,时而咯咯咯地嗤笑。

"行,那我回屋了,你们早点休息。"我从沙发上坐起,准备起身离开。

"好的。唉,嘉嘉,这周日什么时候去学校?"奶奶看着我问。

刹那间,我的心头一紧,生出了非常不好的预感,随即却故作镇定地笑着说:"吃完午饭。"爷爷在一旁打趣了句:"刚不是问过了吗?"那同样故作镇定的语气里我分明听出了一丝淡淡的无奈。生活在一块儿那么久了,我们都太了解彼此了。

回屋的那一小段路上,我努力说服自己这只是个意外,兴许奶奶刚才只是恰好思想不集中。可爷爷语气里的那一丝无奈又该做何解释呢?进屋后,我没忍住旁敲侧击地对父亲说:"奶奶好像记性变差了。"

父亲停下手上抹灶台的动作，微微皱了下眉宇，视线盯着窗外："你也发现了吗？"

我看着父亲的侧脸苦笑了一下，努力说服自己有什么用呢，我难道还像小孩子那样幼稚吗？

手术确实缓解了奶奶身体上的疼痛，没有想到的是这只是故事的开始。这之后奶奶的记性越来越差了，不知这是否和注入脊柱的麻药有关系，发展到最后的阿尔兹海默症，这个过程我是亲眼看见的，非常迅疾，迅疾得只有短短两三年。

父亲和爷爷带奶奶去医院做相关的检测，医生问奶奶："一斤棉花和一斤铁哪样更重？"

奶奶说："铁重。"

医生又说："你再想一想，都是一斤哦。"

奶奶不耐烦地回答："肯定铁重呀。"

最后医生出具的检测报告上说，奶奶的智力已经退化到几岁孩子的水平了。

爷爷做了所能做的一切去延缓奶奶的病情，悉心照顾老伴的饮食起居，每天选用促进记忆力的食材烹饪三餐，每天和奶奶走路去镇子上散步，和熟悉的乡邻打招呼拉家常，也买了一沓字帖让奶奶每天临摹一两页，他说这样至少能让奶奶动动脑筋。奶奶每次对着字帖嗔怪道写这个有什么用，却还是顺从于爷爷的"哄骗"，一笔一画描得很认真。

再到后来，奶奶连描摹也不会了，叫不出我们所有人的名字，她或许也忘了爷爷的名字，但爷爷走到哪，她便跟到哪儿。有一回爷爷上厕所的工夫，奶奶找不见爷爷就茫然地出了家门，漫无目的地走到村里去了。爷爷紧张地发动邻居一块儿找，幸亏村子不大，奶奶也没走到车来车往的大马路上，未酿成祸事。自此以后，爷爷便留了个心眼，有事外出时只得将奶奶锁在房间里头。她不会吃饭，爷爷便喂她吃；她不晓得如厕，爷爷便给她穿尿不湿。我好想跟奶奶说一句，您这辈子没有嫁错人，当初的坚持是对的。

当年奶奶和爷爷在南京的一家化肥厂相识相爱，这是他俩最初工作的地方。少男少女最美好的年纪，三年自然灾害期间化肥厂没熬过去，倒闭了，爷爷便跟着奶奶回到了小岛上，他俩遭到了家里长辈的一致反对。当时村里可都是前村的嫁给后村的，父母之命媒妁之言，没有哪位姑娘嫁给一个连口音也不同的外乡人。外乡人的品性如何,公公婆婆脾气如何一概不知,家里一根筋的长辈们可不放心。可这两位年轻人坚持在一起了。

　　然而故事写到这儿了,我还依然辗转于远方的校园里,我还没有毕业,我成长的速度终究没有赶上奶奶衰老的速度,故事没有一个美好的结局。

　　我很惭愧,也很自责。有些东西我抓不住了,手里攥着的那一块冰以肉眼可见的速度缩小。内心又有个声音隐隐告诉我说:"抓不住那就放手吧!"时间会渐渐削弱我深深的负罪感,下次紧攥的时候虽然终究还是会不得不放手,但我所能做的希望会比现在多一些。

(3)

　　年过耄耋的太奶奶是家里最长寿的老人,村里其他差不多岁数的都打趣她年轻时有着出了名的暴脾气,干活的时候力气大,论吵架也从未输过,但她对我们儿孙辈只有满目柔情,护短得紧。我意识到那些老人家喜欢来找太奶奶闲聊的原因大抵是因为他们都是太奶奶年轻时的小跟班罢,第一次产生这样可爱想法的时候我觉得很有趣。

　　2013年年底,太奶奶因为脑梗发病重重地摔了一跤,这一跤后,她的身子一日不如一日,即使服用最好的药物,受到家人最好的护理,终在2014年伊始,病情陡然加重,卧床不起,终日只得靠家里人24小时看护照顾。家族里有好几名做医生做护理工作的小辈,日夜轮流来给太奶奶敷药、换药或者输液,这份滋润是县城医院里远远比不上的。

　　2014年初,跨年不久,当我刚刚结束期末最后一场考试的时候接到了母亲的一通电话,从她的语气中能听出太奶奶的情况不尽如人意。从学校出发回岛的路途并不短,自身的惰性加上课业比较重,索性我每隔一个月才回去一趟。一个月前的太奶奶还能烘着汤婆子坐在古老的藤椅上,眯着眼睛亲吻冬日的阳光,周围家猫伴着,思路清晰,在我临别前嘱咐一句:"路上小心,一个月后回来啊。"

　　这一场景,基本上算是我和太奶奶最后一次完整的对话。而那一次,也许也是太奶奶最后一次视野清楚地看见我了。这幅画面现在一直萦绕在我的脑海里,这一定格,多希望是个永恒。

　　当我上完德福备考课程已然大年二十九。像往常一样,在回岛的路上我会捎带些可口的糕点给太奶奶,还有爷爷奶奶尝尝,我是个比较传统的农村孩子,孝顺在我眼中显得格外重要,也深知老人们能品尝城里美食的机会一天天少去。东西不多也并不很贵,却能聊表心意。可这次回岛,纵使自己做足了思想准备也没料到太奶奶已经只能依靠流汁度日,脸庞瘦小的她因为晚年吃得也算丰盛体重并不很轻,虽面色一如往常但我买的糕点对于她来说已是难咽之物。我来到她的床前,叫唤她,她的头不能自如活动,眼神已是呆滞,半开半闭着只留下一道浅浅的缝,怕是不能清晰地看清楚我了,呼唤了半天她才像花了好大气力似的回应道:"嗯。"

一个月对年轻人来说无足轻重,日子天天一模一样过,感觉无关衰老,岁月缄默无声;但在太奶奶身上,这一个月的变化让我不敢相信,难以接受。就像奶奶腰椎间盘开刀那会儿一样,这相似的场景像挑衅我似的说:"无能的小家伙,你还是改变不了什么。"

看着爷爷奶奶,父亲母亲,大伯大姨像哄小孩一样哄着她,求她张嘴,喂她吃饭,给她换尿不湿,给她盖好被褥,我的心头无比疼痛,这切肤的心痛感慢慢延伸到一个我们小时候不敢面对,同样在成长教育里不常提及的话题:生命的终结。

自我有记忆起,太奶奶一直是那个样子那副面容,我活了已有 20 个年岁,这段时光里她仿佛从未老去,我却从一个赤着脚满院子打弹珠的孩童长大成一名离家求学的大学生。我只陪伴了她的晚年,她却陪伴我从诞生走到了现在。

农村里几乎家家户户都打了口井,自来水要花钱,地底下干净的井水不用。太奶奶 90 岁的时候,我经常看见她猫着腰,穿着蓝色的布衫,自己慢慢地拎井水,自己挎着个小板凳洗衣服,约莫 30 厘米高的小板凳对老人来说是个不太用得着的玩意儿,因为坐下与站起的过程会非常吃力,但太奶奶这副身子骨全然没有问题。她总是这样,好像不想来麻烦我们似的;我已慢慢懂事,但并不常常会帮她,因为这费力的动作也是项不错的"运动",太奶奶活动活动筋骨对身体有好处。每当她成功拎起一桶井水,我都会欣慰地笑起来,在她看不见的墙角或窗前。那是我感觉自己最幸福的时刻之一。

九十几岁的时候,太奶奶还下过厨,给我和堂姐做过一顿饭。那天父母亲到县城里开会去了,爷爷奶奶也外出走亲戚去了,我本想自己煮些速冻馄饨充饥,不料太奶奶竟在临近饭点的时候唤我下楼吃饭,只是简单的两素一荤,荤菜是前些天奶奶做的蛋饺剩下来的。太奶奶知道我和堂姐喜欢吃肉,便做了这一道"蛋饺鸡蛋羹"。可我和堂姐刚一入口,就察觉到了不对劲,互相交换了个眼神,这蛋饺已经变馊,在口腔里散发出一阵怪味。我俩默契地忍着没说话,若无其事咽下去了几口,随后找了个借口出门吐给家猫吃。太奶奶从不吃猪肉,所以她永远不知道当年的蛋饺已经变馊,但她的曾孙没忍心看她无措的模样,便依然选择了这句话评论道:"您烧得蛮好吃的。"吃过简单的午饭,太奶奶一个人洗碗擦桌，当时的姐弟俩竟争不过这位固执的老人，只得呆呆地旁观而已。古老的灶台，灶膛前依然是那方矮矮的小板凳，我很难想象这位老人是怎么捡拾起稻草，撩起火柴，引燃，随后塞进黑黑的灶膛，待冒起白烟再缓缓起身转到灶眼前，掀开厚重的木头锅盖盛出饭菜，又颤巍巍地回到灶膛前蹲下，抄一把草木灰将燃着的火焰扑灭。只是现在的我觉得，那顿饭珍贵，美味，充满了回忆。

每次太奶奶吃完碗里的米饭，都会再用舌头舔一遍碗边，奶奶会嗔怪她："都吃光了还舔什么呢！"若有米粒或者小菜落在了餐桌上，太奶奶也会用手指夹起来塞进嘴里，兀自津津有味地嚼着，似乎那是人间至美佳肴一样。奶奶继续嗔怪道："落桌上了脏兮兮的就不要捡起来吃了，怎么就是说不听呢？"虽然每个家庭成员也都会附和着嗔怪，但太奶奶这"坏习惯"永远也改不了，你叫她改，她还会跟你急。我们都太能理解她的"坏习惯"了，诞生于民国初年，她这辈子一路上是苦过来的，经受了历史长河里这样那样的苦难灾祸，今天的生活实在来得太不容易。

后来，再有米粒掉落桌上的时候，太奶奶会尽量快速捡起来塞进嘴，还用余光瞄一瞄饭桌上的我们，大家伙儿不再作声，假装没有瞧见，继续吃起碗里的饭来了。太奶奶她老人家早就掉光了牙，但这完全不妨碍她吃饭，岁月将她的牙龈早已打磨得坚韧，吃起东西来慢条斯理，嚼得稍久些罢了；而面对诸如蟹钳这类硬家伙，她会先用筷子架在食物上，用手往下摁，碎了过后再用粗大的手指慢慢挑细肉，像在碎壳里寻宝。她最爱的食物是番薯，百吃不厌，爷爷奶奶每年会种上一些，番薯经历了一阵凛冽的朔风后会变得格外香甜可口，一顿下来太奶奶能夹很多筷。

老人家同样是个极爱干净的人，她所有的东西都会整理得井井有条，吃的零食放在蓝罐曲奇的大盒子里，一些照片放在扁扁的月饼盒子里，针线布料则放在一个用竹条编织的小篮子里。她是极爱针线活的，任何破了的布料、凉席、袜子、床罩，她都会用巧手慢慢修补，一如修补她那些遗失了的漫长年岁，一静坐就是一下午。只是穿针这细活儿可考验她的眼睛了，她怕麻烦我们会自己坐屋里穿好几十分钟，实在累趴了才缴械投降，提着小篮子来找我们帮忙。所以每一次我都会给她穿上好几个，她把穿好的针线别在蓝色围兜上，说了句"现在好了"然后再慢慢地走回她的小工作室。

对于旧物她是永远不舍得丢弃的，永远细心缝补，继续穿用陪伴她好几十年的衣裳、袜子,还有床单、床套。

自从上了寄宿制高中,我一周才能回家一次,一待也就一天半的光景,每次我回家的时候太奶奶都会从她的铁盒子里掏出饼干、蛋糕,非要把我从楼上喊下来,非要让我拿着赶快吃掉,咸趣、奶黄派、达能饼干……起初我很抵触这些我早已厌倦的零食,且它们都是父母和姑姑们买给她老人家吃的,她却转而送给我来了。后来父亲告诉我:"不想吃也拿着,拿着她就高兴。"

这几年来她送来那么多饼干零食,我真正拆开吃掉的还不满一只手的数,但以后,我想尝也尝不到了。

除了那么多零食以外,太奶奶还送给过我不少稀奇古怪的东西,比如清代和民国时期的铜板,钱币,那真是稀罕物件了;再比如我考上大学以后的一个"红包":不知她从哪找来一块黑皮,巧妙得缝成了一个小钱包,还缝上了一粒纽扣,小心地扣上,小巧精致,里边是两张百元大钞。这些钱来自她90岁后政府每月给的生活补贴。这份礼物无关金钱价值,是我这辈子收到过最好的一份礼物了,这两张纸币我不会舍得花掉,就让它静静躺在黑色的小包里,静静躺在床头的柜子里好了。

我记得很清楚,在几年前,太爷爷的忌日前天,太奶奶在小屋里不紧不慢折纸元宝,我坐她边上陪她一起折,她静静地告诉我说:"你太爷爷走了30年了。"这句话让我当场流下泪来,是怎样坚韧的性格和贤妻良母的品质让她一个人走了那么多年。女人一辈子的忠诚和顽强全体现在这句波澜不惊的话里头了。

太爷爷走的那年,我父亲只有七岁。在计划经济农耕时代,家里没有成年男丁也就意味着没有劳动力种田干活,会受人欺负。在干活还算工分,发粮票的年代,太奶奶跟着村里的男人们一起去粮站讨活,明明付出了同样的汗水,扛了同样多的大米,收工时却只能拿比男人少的工分。就是在全村接电灯泡的时候,也有挑事者会故意刁难,教唆接线工人别徒费这脚力,麻烦地光顾我们家了。他们看不起我们家,奶奶曾跟我说:"村里那些以前看不起咱家的长辈,现在都去世了,没一个比你太奶奶长寿的。"语气里透着的不服输的劲儿把我逗乐了,这性子倒是有些遗传她母亲的了。

这一百年来,我相信太奶奶身上有太多太多的传奇,我相信每位老人身上都有一段段无比珍贵的影像,我们却只能在奶奶这辈残缺不全的叙述里去触碰些许过往和痛楚。太奶奶从我出生陪我走到现在,我却只陪伴了她的晚年。

家里人其实从年初就做好了心理准备但依然不愿意承认它的到来，并做了一切能做的去阻挡它的到来。父母，大伯大姨，姑姑姑父都来轮流值夜，因为太奶奶晚上可能会湿了尿布，不舒服就嘤嘤地喊声；因为固定一个姿势睡觉凌晨总会醒来，需要小辈帮忙搀扶着换一下睡姿。家里堆了老高的餐巾纸、尿不湿，还有芝麻糊，她老人家爱吃甜食。只是在生命的最后我不能好好地陪伴她，喊她也不应声，过了良久只是"嗯"一声，已不知道是谁在叫唤她了。只是在长辈喂她吃饭的时候，我有几次搭了把手，不断用纸巾擦拭从她嘴角漏出来的流汁，太奶奶紧闭双眼，如同丧失了最后睁眼的力气，只是机械地重复张嘴，咀嚼，张嘴，咀嚼的动作……而我只是希望她能知晓曾孙真的很爱很爱她，并不是如她开玩笑说的那样被"拐卖"到了上海；我只是希望她在吃饭的时候知道帮她擦拭的是她最疼爱的曾孙，可是这份卑微的反哺却也难以搭乘阳间的列车去抵达她的混沌时空。听母亲讲，太奶奶时而清醒时而糊涂，清醒时会叨念嘉嘉有没有回来，嘉嘉什么时候回来，糊涂时则终日不语。

自从上了大学，每次回岛太奶奶也会跟我讲一个有趣的话题：谈朋友。她一直说我小伙子长得不错，不用找太好看的，最重要的是要脾气好。每次我都笑着应和几声："我还小，还早着呢，但肯定会找脾气好的。"只是如今她真的无法见到她心里边那个适合我的脾气好的姑娘了。

这是我长这么大以来家里的第一场白事，准备祭宴，通知邻里，搭建棚子……每个人在忙碌之余都在回忆着和太奶奶一起走过的日子，纵然再细枝末节的小事也重新鲜活了起来，它们也想蹦跶出来给老人家送行。贝纳尔·韦贝尔说："一个老人辞世了，就像一座图书馆被烧毁了。"奶奶，父亲，大伯他们有着与老人更多的故事，这些如同我柜子里深藏着的黑色红包一样，一直静静地躺在里头，绝不是一把火葬可以磨灭的印记。

太奶奶走的那年刚好百岁，也算得一件幸事。可这生命的最后，竟非无疾而终，却伴随着疼痛而去。有一次在给她老人家换好药后，家里面聊着聊着笑得大声，老人家却说："你们只是还没轮到。"这话思路多清楚啊，是啊，我们只是还没轮到罢了。

老人最后的日子也许是幸福的，因为家人给予了最好的护理和陪伴,晚上也忙活,白天依旧顶着睡眼去上班。可老人最后的日子也是孤独的,她的痛楚我们看在眼里,疼在心里,却无法帮着分担,所谓的关怀,老人能感受到的又有几分呢?

而此刻,留在我记忆里的,依然是她烘着汤婆子,坐在古老的藤椅上的样子,她眯着眼睛亲吻冬日的阳光,家猫伴在身旁,她思路清晰,在我临别前还嘱咐:"路上小心,一个月后回来啊……"

第八章　第一桶金

（1）

　　大二起同济大学工科专业的学生都得搬去嘉定校区,这地方被我们亲切地称为"嘉园",在这个偏远的校区一待便是两个年头。大二伊始的军训生活和几年前的高中军训同样高调,甚至犹有过之。我依然借由腿恙成了"病号连"中的一员,烈日灼空,季夏熏风,为期两周的军训便是在临时搭建的蓝色凉亭下待着,百无聊赖地远观别人训练:正步,持枪,拳法,迷彩与绿茵草地相融成少年们红光满面的青春模样。

　　只不过和高中时代不同的是,大学的军训也是算学分算成绩的,而每个人成绩的高低和期末奖学金评选直接挂钩。病号连的统一标准是最后成绩只能得到"中等",与"优秀"或"良好"无缘,除非军训期间在文体方面能做出有目共睹的贡献。

　　桀骜又宝贵的少年心性,当是同自己和解前的那一份不妥协,在很长一段人生旅途时光里,我觉得这是我们还未沧桑,还未衰老的证明。"成绩中等吗?"我不甘于这样,不甘于自己丧失选择的主动权,我不喜欢这样像是在落魄等待一场既定的审判,只以"中等"的成绩草草收场,毫厘之差可能会让我与奖学金失之交臂,我想获得的成绩是"优秀"。人生长河里不尽如人意的结果常有,可若是未曾努力过便主观接纳这样的结果,何尝不是件抱憾之事。奖学金不仅意味着对你学习成绩的肯定,也意味着你可以少向父母讨要些生活费,这是为家庭做贡献了。学生时代何其漫长,那些个面对家庭拮据的生活方式想要帮衬而不可得的无奈时刻,那些个无限憧憬长大到可以自由掌握经济独立权的无奈时刻,经历得还少吗?

人呐,一旦有了清晰的目标,过后便会爆发出或许让你自己都震惊的潜能。相比百无聊赖地待在蓝亭下浪费整个白天,不如做些自己擅长的事,时间也便能过得快些。要知道,时间是个很淘气的小孩,无聊的时候它走得很慢,认真做事的时候却像和你躲猫猫似的一溜烟远走了。经过短暂的规划思考后我联系了学院的辅导员,毛遂自荐担任整个营的"通信兵",负责收集同学们每天的军训感悟并适当进行文笔上的润色,然后统一发送给四平路校区的军训统筹部,以期咱们营刊登上《军训日报》的文章多多益善。

颖康大抵和我抱着差不多的想法,一方面不想长时间参训受累,一方面却期望最后取得优秀的成绩,只是她并没有疾病在身,没法如我这样在校医院开具证明堂而皇之成为病号连的一员。晚饭后她找到了我,提议是否可以写一篇朗诵稿组建团队参与军训最后的文艺汇报演出,就像大一时一起参与迎新晚会那样。这提议不禁让我眼前一亮,若能被晚会节目组顺利选上,成绩得到"优秀"便十拿九稳了。和迎新晚会上的稿子结构类似,诙谐的语言风格亦相似,我花费了一晚上时间草拟了一篇《迷彩筑嘉园》,夜色晃眼的台灯下,灰尘悬浮着不紧不慢地跃动,我的创作热情源于赤裸裸的功利,但真正落笔的时候,朗诵稿里的文字确实是我这样一位从市区本部刚搬来嘉定校区的大二新生,内心很想表达的东西。

迷彩筑嘉园

绿色迷彩的背影,
是教官们整齐划一地迈入嘉园,
我们的军训开始了;
不苟言笑的面庞和挺如松柏的身姿,
我们知道,军训不是轻松。
他们像一群进击的巨人,
身着那抹绿色,走进了我们的生活。

依然迷恋于樱花大道飞扬的粉红吗?
是否记得樱花树下那位来自神奈川的和服姑娘?
依然难忘于衷和楼顶层的空中花园吗?

求学年光

盛夏蝉鸣

是否记得第一位坐在你自行车后座的女神？
是否怀念晚间成群的黑暗料理，蓝色的露天泳池，又或是那晚英仙座的流星雨？

时光如梦，一梦就是一年。
当大巴离开灯火璀璨的闹市驶向清幽静谧的郊区，
我们脱下靓装，穿上迷彩，回归华年最宝贵的素颜。
迷彩筑嘉园。

我们终于告别风扇声声的西南一楼，
对于没有空调的隐忍熬到了尽头；
我们终于不用赶赴一览无余的公浴，
常常一路匆忙临了却发现把一卡通遗忘；
我们终于无须担心抵不住内环的华丽诱惑，
流放嘉园静心苦学破茧成蝶等一场逆袭。
（画外音：别傻了，还有嘉亭荟！）
别傻了，嘉一嘉二嘉三路，江苏移动欢迎您；
别傻了，逆天的男女比例，学弟争不过学长；
（画外音：别傻了，也争不过教官。）

八月的流金铄石，炙热的阳光下，
军训的队伍里响起一曲曲悠扬的战歌。
柯景腾的平头，沈佳宜的马尾，
王子理发店的造型是本季最风靡的时尚。
坚硬的军靴里悄然藏匿着"军训专用鞋垫"，
柔软吸汗加长版，是男生们心照不宣的秘密。

骄阳炙烤大地，汗水浸透胸膛，
辽阔安谧的操场是我们年轻的战场。
我们终于搞清了营、连、排之间的关系，
我们终于体验了阅兵背后的努力与艰辛。
我们这身迷彩，是带给嘉园最有价值的见面礼。
我们这身迷彩，是彼此最诚挚的呐喊和信念。

我们用这身迷彩，筑起我们嘉园梦想的开端。
我们用这身迷彩，让二十岁的年纪格外闪耀！

正青春！
致青春！
迷彩筑嘉园。
此时此刻，让我们致我们最敬爱的人！是他们——
来自人民解放军的教官们！

教官们用最昂扬的姿态书写一首青春的史诗，
教官们用最高亢的嗓音颂扬一曲青春的天籁！
他们严肃端正的表情里偶尔也有一丝淡淡的狡黠；
他们义正词严的口令里偶尔也有那么一两句"我擦"。
他们是最严厉的老师，每一声命令和责备都铿锵有力。
他们是最可爱的兄长，憨笑的脸蛋上满满都是天然萌。
他们是最亲切的慈父，黝黑的肤色下酝酿细致的关怀。
教官们，你们辛苦了！

老队友小楠欣然加入了我们这个朗诵节目组，只是因为小白转系留在了四平路本部，她的缺席使我们只得找寻新的朗诵成员。樱花大道同赏樱花，衷和楼顶同赏夜景，赤峰路上大快朵颐黑暗料理，西南一楼前的草坪上一起等待英仙座流星雨……这些何尝不是和小白共同亲历的美好回忆呢，多想还是我们四个一起完成这段朗诵啊。

原稿风格相比这一版更诙谐有趣，军训统筹部的老师和同学很喜欢我们的表演，用一本正经字正腔圆的朗诵腔去诠释诙谐的内容会产生一种荒诞的喜剧感，这样的朗诵让他们眼前一亮。只是在节目最终评审的时候，我们还是被建议删除一些过于调侃的用词，为了大家顺利参与演出我只得做出妥协，修改过后的终稿主旨更为鲜明，我同样很喜欢。演出当天我们在舞台上收获了同学们满满的笑声和掌声。

除了文艺演出以外，我也参加了军训期间的征文比赛、演讲比赛，在幽暗的宿舍里一个人安静地写作，享受繁杂的思想通过键盘化作逻辑自洽的文字所带来的快感。我演讲的主题为《祖孙军旅梦，我们不放弃》，

是以当过兵的爷爷为切入点，他当兵的时候不过二十年龄，与我岁数相仿，我很难想象出他当时每天在部队参训的样子，而这样一位少年在多年之后竟成了我的爷爷，隔代间以这样一种方式产生错位时空的连接这让我觉得很奇妙。

祖孙军旅梦，我们不放弃

我的爷爷曾是一名光荣的海军，亲历过战争，他沧桑的面庞不再俊朗，但那道战争遗留下的清晰的疤痕却成了他为之骄傲一生的印记。乡下老宅，破旧衣橱的侧壁上，一直挂着他的一张黑白照片，那种边缘上有细小凹凸花纹的老照片。笔挺的军装，可人的酒窝，是我这辈子见过的最帅气的军人。屋子的白墙上，挂着的是一个孤老的摆钟。他昏暗的抽屉里一直藏着一枚勋章，那对于爷爷来说是和伤疤一样弥足珍贵的东西。小时候我一直喜欢听爷爷讲那些逝去的军旅故事，讲他过了这顿没下顿的胆战心惊的岁月，讲他因为没有放弃而曾绝处逢生，活了下来。

时过境迁，老一辈们用他们的生命和躯体支撑起这个时代。我瘦弱的身躯，矮小的个头，优秀的学习成绩，父母的成长导向，当我因为现实而循规蹈矩不得不将军人梦想束之高阁的时候，军训成了我体验军旅生活的最好途径。

走在嘉定的操场上，正步踏过茵茵绿草，看汗水滴落在塑胶跑道上迅速蒸发，腿从酸胀到酥软，每当此时，爷爷当年笔挺的身影都浮现在我的脑海。嘉定的白天给了我们黝黑的皮肤，即便如此我也只是在一条满是花环的路上冠冕堂皇地说"我在走爷爷的路"而已，然而因了爷爷那个时代战火纷飞的青春和我如今纸醉金迷的青春两者差距的悬殊，今天我能听到教官铿锵的口令做出令教官满意的动作，是多么幸运的一件事啊！

我一直觉得，中国人骨子里有一种代代相传的东西。在绝望里求生存，在窘境里能激发潜能。如同期末前的两个礼拜，我们能念完一整个学期的书，这是一件很奇妙的事情。我们都是渺小的个体，但当个体集结，能筑成一个很强大的集体；当个体把这种代代相传的精神集结在一起，那些少部分在绝望里等死，在窘境里求佛的人也会随大流激发出潜能。如同期末前很多人是不准备复习或者预习的，但看见身旁的人都冲向图书馆，于是也背着书包去占座，结果他们或许可以捧着手机玩到深夜。

呵,但总比没坑来得好。

当个体的梦想集结,就能筑成一个最伟大的中国梦。而这一次,我们的青春梦和军旅联系到了一起。

也许若干个月后,我们会忘了在操场上流过的汗水。但是,我希望我们可以永远记得四个字:决不放弃!

因为爷爷的不放弃才有了我们的诞生,爷爷信奉的东西我们应一辈子守护;因为今天我们也是很光荣的军人,军人该有的品质不允许丢。

人生海海,浮生醉梦,一代人有一代人的长征。时代的接力棒传递到了我们手里,它被奔腾的时代打磨成了精美的工艺品,相比祖辈,我们握得更顺手了,然而在这根接力棒背后,不变的是传承而下的精神内核。乾坤既然未定,你我不该放弃。

后来在军训晚会结束以后的庆功宴上,团委老师钦定我为嘉定校区毕业晚会上出演朗诵节目的不二人选。统筹部的同学端着一杯橙汁坐我边上,评论我是今年的军训大赢家,几乎每一个活动都取得了不错的成绩,她好奇地询问我为何会这么拼。

我听了她的话后端起桌上的饮料杯和她碰了碰,羞赧地笑着摇了摇头。我打心底里并不认同她的评价,哪有什么赢家一说呢? 最初的时候我只是为了能得到"优秀"成绩而已,在确定朗诵节目成功被选上军训晚会的那刻起,便已然知晓自己的目的达到了。可当你收集管理整个营的军训日志那么多天后,心底会油然而生一种强烈的责任感,在其位,谋其职,负其责,尽其事,他们如此信任你的文笔和能力,你会在主观上想为整个集体去赢得更多的荣誉,后续去参加征文和演讲比赛我完全是出于为整个集体考虑的,并且对于自身来说也不是什么难事,反而静心写作、创作的过程是一种享受。

(2)

苹果电脑创始人乔布斯曾在斯坦福大学发表过一篇以《Stay hungry,stay foolish》为主题的演讲,他说道:You have to trust that the dots will somehow connect in your future.

现在的你是由过去的你亲手缔造的,未来的你自然也是由今天的你如同捏泥人似的慢慢雕琢而成,时光雕刻外表,自己雕刻内核,只不过当下不自知,身在此山看不明白。离开校园后的某一天,当我回望已逝去的学生时代时突然明白了乔布斯所表达的意思,我们过去不经意的印记果真会连成独一无二的直线引领着这具躯壳走向了一个未曾预料到的人生境遇。

经历军训周期过后,学院辅导员注意到我这个孩子确实喜欢舞文弄墨,在这样一个工科学院里很是难得,熊猫似的稀缺。自此之后,学院党支部里的活动宣传稿件便交由我来负责撰写。直到有一天辅导员收到了往届学长的一条短信,原来这些已然在德国扎根的前辈们在经营了一个新媒体账号,用于介绍德国及欧洲的各地美食,受众群体是海外庞大的华人社区以及对欧洲美食感兴趣的网友们,前辈们需要兼职写手来定期完成稿件。辅导员马上联想到了我,便做了引荐。

这是我学生时代里第一份正儿八经的兼职,这份工作既能赚取稿费承担部分生活开销,也能提前了解欧洲各国的特色美食,写稿过程中想必能涉猎到不少有趣的知识,这一点让我很兴奋。

中德两国存在6—7小时的时差,接到学长漂洋过海的电话时已是国内凌晨时分,我在大学里的作息很不健康,每天熬夜到两点以后才入眠,室友们早已沉沉睡去,磨着牙打着呼做着不知什么场景的梦。我弓着腰悄悄下床走出门去,生怕吵醒了兄弟们的沉眠,阳台外婆婆的树影在深浓夜色里如同一幅浸染的油画,我伴着清冷月明举着手机在小心翼翼地进行此生第一次工资谈判,那晚的风很轻柔,像儿时母亲的手。

稿件的第一期主题是欧洲各式带酒精的咖啡,随后我又陆续写了诸如西班牙海鲜饭、樱桃巧克力、圣诞季美食等特辑。虽然从未真正品尝过这些珍馐独特的味道,可在做写手的这段日子里,我了解了很多欧洲美食和它们背后的历史人文知识,也在心里埋下一颗心愿:等以后到了德国定要吃遍这些我曾花费很多时间研究的食物。

结算稿费前,学长说他正好会回国一趟,约我一起吃顿便饭,我说:"如果可以的话就按欧元结算吧,我还没见过欧元的样子。"

电话那头的学长笑了笑:"没问题,我给你带欧元回来。"

虽虚长几岁,饭桌前的学长却比我成熟得多,谈吐有着印象中的大人模样。他说留学德国很新鲜也很锻炼人,嘱咐我在国内定要认真学好德语,将来会容易得多。我说:"听你这么说看来前路困难重重啊。"

学长沉吟了一会儿,抬起头笑了笑:"等你俩年后去了就知道了。"

他还说,即使未来工作以后也一定要有自己的爱好和想做的事情,这会让自己的生活快乐得多。

多年以后,回想学长席间的那番话,确实是肺腑之言了。

学长把一沓欧元递给了我,我特地嘱咐过想要 10 欧元面值的,倘若用来送给朋友也合适。原来欧元长这样,面积比人民币小,价值却是人民币的 7 倍。我突然想起大一入学时那位前辈说过的话:"现在学的是德语,以后赚的是欧元。"当初底下的我们听到这句话时每个人心头都微微一颤,暗暗酝酿起努力学习的动力。

告别了学长后,我带着人生中第一笔欧元工资回到了宿舍,虽然总数并不多,却是自己辛苦赚得。哥几个还在戴着耳机联网打电脑游戏。

"手头停一停,男神给你们送礼物来了。"我咧着嘴说。

"啥礼物啊?"哥几个手上没停下,嘴皮子溜得挺快。

"欧元。"

这两个字一出,只见三张脸蛋似雷雨过后浮萍上探着脑袋的春蛤盯着我。我"扑哧"一笑,也没卖关子,直接给他们每人递过去了一张 10 欧,把哥几个给高兴坏了。我不知道后来他们有没有在德国花了这张钱币,我自己留了一张压在老家书房的厚玻璃下,于我而言,它所承载的回忆价值与货币价值无关,是我看似平凡寡淡的青春年华里一处还算看得过去的风景,亦是活于此间价值感的一份证明,谁说读书郎刚愎无用,我书写的文字自有人欣赏。每当回老家于书房里看书写字的时候,这被压得直挺挺的十欧元像老朋友一样鞭策着我,既是老朋友,也是第一桶金啊。

（3）

大二下学期以后，我便没再卑微地问父母讨要过生活费了，经济独立的生活状态是一旦体验过便会上瘾的一件事。它会逼着你接触理财，学会财务规划，在成长的自我认知上，在危机意识上会比同龄人高一个台阶。没人逼迫我这样，反而是一种自我较劲，急着要证明给自己看，后来当我思考自己为何会对这事儿抱以如此执念之时，总觉得和小岛农村里的成长环境脱不了干系，大人们过于强调"钱"的重要性，我被这根深蒂固的观念灌输着长大。这让我提前觉醒，也同样提前自缚，成长自有其生物钟，你我没必要着急，每个时间段有每个时间段更值得忧虑的事情，繁花锦簇，硕果累累都需要过程。

除了当写手赚取稿费以外，我也得到了去校外读书会机构做兼职讲师的机会，或者去初高中生家里一对一地上门辅导作业。尤其是大三的时候，每周的课表变得空荡荡的，必修课只有十几节，我有大把的时间进行备课，给校外不同年龄段的孩子上门辅导。我很感谢这段勤工俭学的经历，于年龄上自己只比这群孩子大上几岁，因而常常并不认为自己是他们的小老师，而是朋友，可以像兄长一样给他们带来学习和生活上的诸多建议。

我们之间的交流几乎不存在代沟，每一名孩子我都由衷喜欢，恨不得将自己的毕生所学，掌握的解题技巧倾囊相授。结束这段教学时光很久后的现在，我与他们依然保持联系，卸下师生身份，成了真正可以交心的好朋友。

给又心辅导的时候他已经高三了，从学校到他家得乘坐半小时地铁，下了地铁后还得乘坐一段路程的三轮车。毕业班的父母总是比孩子更焦虑，第一次课业辅导结束后，她母亲留了我很久，请教我高三备考的学习习惯，又心则背着手站在一旁，像个做错事的孩童仔细聆听。在国内，毕业班就像一个新的起点一样，好像过往的成败起伏都可以忽略不计，好像只要谁打了鸡血苦下功夫便都能迎头赶上似的。我虽将我当年的学习习惯一一写了下来，但还是对她母亲认真地说，我的习惯可以借鉴,但没有必要拷贝,每个人有每个人的节奏和方式,以平常心对待高三即可。一年时间说短也不短,高三一上来就绷紧了神经到了后期很容易疲惫,透支焦虑和身体也许会得不偿失。

我深知高三的不容易,时隔多年,我依然记得过于紧绷却未得一满意的成绩时,唯能捶打白墙,这是多么无助。

又心是个很开朗随性的男孩,这不拘小节的性子和我很像。每次到他家的时候他总是穿着睡衣睡裤,一手握着笔对着试卷思考解题思路,一手捧着翘在椅子上的右脚。我送给了他我高三背诵过的那本同款英语四级词汇书,每次和他一同背诵几页,抽背检查时当他翻着眼白瞄着天花板不住地眨巴,我便知道他是想不起来了。他则会不好意思地朝我笑笑,露出可爱的小虎牙。从他身上我能看到自己备战高考的影子,一面庆幸自己早已走过了那道千军万马争夺的独木桥,一面又羡慕他乾坤未定身上充满了无数的可能。我每周去两个晚上一直陪伴他到高考前夕,就像一位长辈陪读似的,这让我想起了高考那年我的父亲,特别是每次辅导结束我从又心家回地铁站的那段歪歪扭扭的乡间小路,只有三轮车夫嘎吱嘎吱踩踏板的声音和偶尔呼啸而过的风,这阒静孤夜是否和父亲那会儿在单位与陪读住所间独自往返时有些相似呢?

高考放榜后,我得知又心取得了不错的成绩,大学期间又去了英国深造,着实为他感到高兴。

耿帆则是我大三时辅导的一位高一男生,他父母是白手起家的民营企业家,从事涂料生意,在嘉定的某一处郊外经营着大片厂房。每周我们便约在他母亲的办公室辅导。厂房门口拴着一条大黄狗,站起来和我差不多高,第一次去的时候着实把我吓了一跳。涂料厂里的保安、保洁以及食堂阿姨都是他们淮安老家一带的亲戚,那位质朴的食堂阿姨坚持让我每次去的时候和耿帆一块儿吃晚饭:“都是我们淮安的家常菜,很健康的。”阿姨用并不标准的普通话笑着给我介绍说:“你看这酱牛肉是我自己腌制的,很香的。”

耿帆小伙子长得十分帅气,是一名上海戏剧学院附属中学的艺术生。我得知这信息的时候,结合他的外表心想这该不会是未来的明星吧,深入聊了几句才知道他并非学的表演,而是绘画。他拿出心爱的画稿骄傲地翻给我看,三言两语地讲述他的创作思路。和又心不同,他并不善言辞,不喜欢笑,总是一副很冷酷的样子,但他很聪明,辅导功课时的接受程度很快。两小时的辅导结束,他会送我到厂房门口抱住那条看门的大黄狗，待我顺利出去后再松开。几次过后，大黄狗也熟悉了我身上的味道，看我出现在门口便会摇着尾巴吐着舌头要往我身上蹭，我也把食堂阿姨当成自家阿姨似的。

大三快结束的时候，我即将赶赴德国留学，只能和耿帆说明情况，以后无法继续给他辅导功课了，我接着补充道："艺考生文化课成绩要求并没有很高，按我教给他的方法学习下去肯定没有问题。好好画画，好好努力，好好生活。"

多年以后，耿帆如愿在美术的道路上继续发展着，去了威尼斯的一所艺术学校学习板塑画。2019 年年中的时候我恰逢去威尼斯旅行，他托我从国内帮他捎带一箱零食过去。威尼斯很小，我住的民宿离他的宿舍走路只需 10 分钟，再次见到他的时候，和记忆里有很大不同，以前他剃着利落的板寸头，清清爽爽的学生模样，如今留着一袭很有艺术家气息的长发，用黑色发箍裹着，整个人变得健谈了很多。

我笑着说："出国了就是不一样，很锻炼人吧？你的话密了不少啊！"

就和他高一时我们初次见面那会儿一样，他兴致高昂地给我展示学校里完成的作品集，或抽象或写意的板塑画，一刀一笔间浓缩了多少挑着灯的美好时辰，我这外行觉得每一幅画都是店里售卖的工艺品。

拆了几包零食，眼前的饮料一杯接着一杯，我俩对坐着聊了很久，阔别四五年，我们真的都长大了，谁又能想到他乡遇故知竟会是在千里之外的水城威尼斯呢？

"我还记得你们厂那会儿食堂阿姨做的可口饭菜，每回她都要走过来给我续饭。"

沙发上的耿帆扶着手顿了顿说道："阿姨已经不在了。"

"不在了？什么意思？回淮安老家了吗？"

"是真的不在了，她得了癌症。"

房间里刹那间安静了两秒，我随即顺着他的话开口打破了这份沉默："哎，那是走得很痛苦了。"

"是的，她最后的日子我去医院看过一次，瘦得不成样。"

"生老病死这也是没办法的事了，那会儿最后一次从厂区离开也没和她拥抱一下，遗憾了。"我试着转移话题说，"当年在你们厂区一起度过的时光挺难忘，那条看门的大黄狗后来都主动粘我。"

耿帆看着我略显尴尬地说："大黄狗也不在了。"

我举起手中的杯子和他碰了碰，浅浅喝上了一口："耿帆，我们真的长大了。"

　　张爱玲在《一别,便是一生》里写道:"人生有时候总是很讽刺,一转身可能就是一世。"初读时只觉得这句话写得很对,但等到离别真正发生在身边的时候才猛地发现,我们已和太多人见完了此生最后一面。凉风有信,秋月无边,人生充满了无意识的遗憾和不可得的无奈,那些在成长道路上化作过明路灯火,化作过锦簇花团的美好的人们,每次挥手道别之际我们还得再用力一点。

第九章　彩云支南

(1)

时空是个很奇妙的东西,它能维系一片地域,一段故事与身处千里之外的你。

图像是个很奇妙的东西,它能把心中的美景凝结成时空的片段,编织成素锦。

浏览照片放映录像,这具赢弱的躯壳得以尽情转换于不同的时空里。远行这两个字,于未知中找寻答案,它是信仰,让多少人为之折了腰。

几年前,我游历过云南美景的冰山一角,年岁许我浪游,可万千风景哪及得上滇南引诱,这个距离上海2000多公里的地方始终散发着神秘的气息。香格里拉普达措美到窒息的景致,迪庆藏民黝黑的皮肤健康的体格,独特的青稞酒酥油茶,丽江束河古镇风情,纳西族少男少女你侬我侬,张艺谋导演的实景舞台剧《印象丽江》,感人而肃穆。翻看着几年前的照片和视频,我边浏览边痴笑,大晚上就跟个快乐的疯子似的。三天后,我有幸将再次踏临彩云之南,这次远行的目的是去大理巍山县回族村支教调研。

这一年我大三,双语专业课如惊涛骇浪般纷至沓来。室友们多已退出了所在的社团或者学生会,我也退出了待了好些年的社团联。但与此同时,毅然决然加入了另一个协会,即是同济大学的"彩云支南",成了一名项目部的写手。在彩云支南的日子里,除了完成会长下达的任务写好每一篇推文以外,更为憧憬的则是真正去到云南山区支教,这是我选择加入协会的一点小心思。

第九章　彩云支南

我一直很想做公益,这公益不应只局限于学校每年重阳节组织去同一个敬老院送温暖,魔都的老人物质再怎么匮乏心灵再怎么空虚,好歹也身处于中国最繁华的城市之一,各方面条件尚可。我想走出魔都真正置身到穷乡僻壤中去,真正去沐浴一场全身心的公益体验,帮助别人的同时对自己何尝不是一段宝贵的人生经历,穷学生没有物质基础,但丰盈的是知识,是精力,还有无限热忱。

让我勇敢跨出去决定做这件事的导火索是湖南卫视的一档节目《变形计》,讲述城市主人公和农村主人公互相交换生活方式,体验彼此全然不同的人生。有段日子这档节目赚取了我很多眼泪,有一天晚上关上电视的时候,心说该去大山里看看,吃些没吃过的苦,且这样的向往化为无可抑制的情绪波动令我当夜辗转反侧,难以入眠。

协会支教队伍的名额很少,选拔要求自然极高,并非每位协会成员都能如愿加入。整个同济报名参加的少说有几百号人,但最终通过选拔能去的只有三十余个名额,分三支志愿队伍,诺顿村一支,东莲花村一支,河西村一支。候选人需要提前备课,随后参加至少两轮面试和试讲。最终组建而成的队伍也会经过好几次队内培训,由往年前往支教过的前辈授课,讲述注意点,以及地方习惯,宗教禁忌等。

彩云支南协会届届维护更新的也有当地村落每一名孩子的情况,每届志愿者老师都会找机会和学生们聊天或者家访,编订成册。这样新的老师过去心里便有了底,也对所帮助的孩子有一个持续的跟踪。

很荣幸经过层层选拔我终如愿,被分配到了大理巍山县的东莲花村支教队。

　　　　　　　　　　　　　　　　　　——写于支教出发前

(2)

　　橙皮的列车如同游蛇穿梭于中国广袤的大地上。车厢是春运的表情,泡面是车厢的味道,于方寸之间陌生人的蜗居显出人间百态。莲花绽放,必经炎暑,一个白天两个黑夜我驾着游蛇朝圣似的一路向南,像赴一场前路未知却执念根深的约。

　　长居于上海,习惯了步履匆匆地出行,从一处飞抵另一处,习惯了枕边浅浅的睡眠永恒亮堂的黑夜,似乎忘记纵使再富有活力的城市也要沐浴遮帘,等待崭新的暖阳再次亲吻。

　　而火车上的黑夜来得很早。自车厢里的第一声呼噜响起每个小隔间便像传染了似的延展开来。

　　窗外。

　　关上所有灯,埋下一座城。海岸的通明灯火最终也湮没在浓浓的夜色中。

　　这一刻,仿佛整个中国都睡了。

　　白天的时候列车窗外风景倏忽而过,一帧一帧衔接得紧。铁轨附近低矮的砖房,随意点缀的安静湖泊,三三两两闲适地甩着小尾巴的水牛,细长的青竹横亘在颓败的小山丘上,成片的水稻刚刚变成田间的枯根,灰蒙蒙的荫翳天空,从江西到湖南,整个南国在初冬都鲜有阳光的垂怜。

　　这一天是支教队里李渊老师的生日,车厢内的生日由于局限的空间限制反而呈现得格外紧凑而温馨。这位细心的小学弟在上火车前便已准备好了蛋糕,生日歌在狭长的车厢里兀自响起,像初春意外的一声惊雷,惹得隔壁的乘客都把脑袋齐刷刷转向我们这边来了。李渊有着浅浅的小酒窝,一笑便红了脸,收到那么多同样莞尔的目光,他不好意思地低下头说:"快别唱了,赶紧吃蛋糕吧。"

　　坐在走廊翻座上的大叔归心似箭,一直枕着下巴呆呆地望着窗外一言不发,像是在等待某种庄严仪式前的缄默和俱寂;隔壁的小孩在无聊地拉窗帘玩儿，拉上，拉开，拉上，拉开……结果一不小心用力过猛，把蓝色的帘子整个拉了下来，他意识到自己做错了事儿。我看他手足无措的样子，起身径直走了过去，没几下修好以后，他用天真无邪的眼眸望着我说："谢谢叔叔。"

叔叔……

呵，我大抵是看着不小了吧。这辈子初次被唤作叔叔是在上海的一趟地铁上，我还在大一的时候。我给一个估摸着七八岁的小孩让座，他很懂事地笑着说："谢谢叔叔。"为此我心里还郁闷了老半天，只不过顶多比他年长一轮，怎么就成叔叔了。回到宿舍我对着溅满水渍的镜子照了照，唇瓣上方浅蓄的胡茬没刮干净，无奈地扶额笑话了下自己，安慰说可能胡子在小孩眼中便是大人的标志了吧。

社交媒体上经常有大抵关于"大学是所整容院"的热门话题，二十年华是皮囊最好看的时候了，学生时代里我依然对"哥哥"这个称谓抱以执念，被唤作"叔叔"总觉得为时尚早。

在云南支教出发以前我刚刚刮干净胡子剪短了发，看着眼前憨态可掬的小朋友我一时语塞，摸了摸他的小脑袋，特别认真地纠正他说："你应该说'谢谢哥哥'。"

他乖巧地说："谢谢哥哥。"

在逐渐认识越来越多的80后朋友以后，他们的孩子大多才刚刚降世，和我足有二十多岁的年龄差距，慢慢地就接受了被唤作一声叔叔。人不愿意服老，可不服老又不行，人生很多事情是不会给你足够的时间完全做好思想准备的，到了上场的时间坦然面对，不犹豫地迈出，不露怯地接受。

我们远赴千里行路至此，不也在非常努力地让衰老变得有意义，让生命变得有意义，不是吗？

前些日子我读到这样一则小故事：

有位小和尚目睹一只死去的蝴蝶，对师父说："师父，小蝴蝶死了……"

"新老交替，生死轮回，谁都免不得。我们活了很久之后，也会死。"

"啊……我们也会死啊……那既然都要死，活着又是为了什么呢？"

"嗯……活着啊，大概是为了……清泉流过时，不错过甘甜；花开灿烂时，有人陪伴；风雨飘摇时，有所守护吧……"

对生命的追问和诘问是一个复杂的哲学命题，谁都不敢妄言一个完美的答案。人生苦短,及时行乐,让日子过得富有意义就是对衰老本身最有效的对峙了。二十年华的我觉得去支教很有意义,所以我现在正在奔赴的路途上。

深入湘西,窗外的土堆逐渐长高,碑林孤单地望着飞驰而过的列车。

离开湘西,初探贵州。列车外是灯火璀璨的名城镇远,鳞次栉比的鼓楼。

夜晚十一点,列车已经路过凯里,通信信号时断时续,很长一段时间的"无服务"。乘务员推着无人问津的水果摊子从早上的二十元一盒降价成三元一盒,来来回回很多很多趟。隔壁玩闹的小孩不再唱《两只老虎》,唱起"小兔子乖乖,把门开开"来了。列车在人们循环的脚步声里又一次陷入黑暗,等到再一睁眼的时候,昆明便该到了。

习惯了火车轮有节奏的声响,这一晚睡得很沉,再一醒来,列车员正隔着被褥拍着我的大腿说:"醒醒,该起床了。"隔壁的小男孩已在我深陷睡梦中时悄悄下了车,他们的目的地是六盘水,位于贵州的一座小城。这趟远行的车,送别归心似箭的大叔,又见小男孩离去,有的人上来,有的人下去,人来人往只此一段,多么像这充满了偶然性的人生。

6:40,窗外依旧是无尽的黑暗,云南相比上海有两个小时时差,火车上两个黑夜一个白天,近四十个小时的漫长旅途,一路向南,只是因为伙伴们就在身边,欢笑更多地覆盖了疲惫,让这段时光显得狭窄了。

7:20,离昆明还有一小时的行程。天边露出了熹微的晨光,橙色的渐变似在呼应着我们满腔的热情,预示着志愿者心中燃起的希望。

下了火车,在附近的小旅馆安顿好后,我们一行志愿者老师前往超市购买最价廉的日用品,既然本着最赤诚的心去付出,便尽量不使用当地村民的一针一线。昆明的天空很蓝,空气很清新,阳光以最透亮的方式源热了我们的脊背和鬓角。彩云支南协会里一名家住昆明的前辈专程过来给我们接风,前辈为人淡然低调,如这春城似的给人如沐春风的感觉,身上满是一种很符合志愿者身份的书生气质。他送给我们三袋云南的鲜花饼,并嘱咐一定要在进回族村落前吃完,鲜花饼的配料表里有猪油,而回族人民不吃任何和猪沾边的食物,可别让村民们给瞧见了。

抵达昆明这天正是农历腊月初八,中国的腊八节。我们的肚子里塞满了火车上简单应付的泡面和饼干,此刻可以卸下厚重的行囊,找家馆子点上几碗云南风味的腊八粥,犒赏自己似的吃顿像样的了。午后,昆明的阳光变得狰狞起来,可再强的紫外线也挡不住来往游人如织的步伐。免费开放的翠湖公园被开发得很成熟,冬季来此过冬的海鸥翱翔于湖畔,成群的锦鲤跃然于湖面。翠湖到云南大学的距离很近,步行十来分钟便到了,这座古色古香的学府,其内各式建筑大楼都散发出历史的弥香,和着草地上看书学子的身影,校园里的书卷气携一阵清风纷至沓来。校外转角处的文化巷里隐藏着琳琅满目的小吃和美食,熙熙攘攘

的学生都来此就餐,自然也逃不过我们的味蕾;而到了晚上,昆明的夜市很繁华,夜排档散发出诱人的香气,孤单挂着的白炽灯泡散发出暧昧柔光。上海以前也这样,只是后来城管管得严了,推着摊车的小贩便不见了。

第二天早上,我们离开了昆明,继续搭乘火车向西驶往大理。这是一趟如今越来越少见的绿皮火车,车厢环境不比高铁动车,甚至能闻到空气中弥漫着的柴油味儿,可我反而觉得绿皮火车才是最具有中国特色的一种交通工具,它承载了几代人的出行记忆。小时候父母带我跨省旅行坐的全是绿皮车,去外省市光火车上就得花十几小时,为了节省路费父亲常买的硬座票,车座底下铺上两层报纸,我便钻里头躺着睡一宿,而父母亲则在座位上将就着眯一会儿。人是念旧的,乘坐久违的绿皮车倒成了新鲜。

火车上的乘务员挨个车厢地推销丽江产的皮带,速干的毛巾。我很喜欢观察这些兼职做推销的乘务员,估计再过几年这场景是看不到了。他们选取的措辞和恰当的表情,让我佩服起他们的口才来了,让一件平时懒得看上一眼的小商品华丽转身为送礼佳品。他们是中国最早的脱口秀演员,适宜的段子让无聊赶路的乘客捧腹并主动掏钱。观察他们是一件很有趣的事情。

彩云支南协会的前任会长在大理站为我们接风,她是土生土长的大理人,提前帮忙约了两辆面包车载着我们直奔东莲花回族村落。随着盘山公路海拔不断升高,在翠绿的山峦里,东莲花村犹抱琵琶半遮面,纵然连日的赶路令我们疲惫不已,支教队的每一位老师内心却是激动万分。

村落的条件要比我想象中好很多,整个村庄被一片蚕豆花田围在中间,空气中弥漫着丝丝甘香,村子里非常安静,成年人大多出去打工或者做生意去了,留下的不是孩童便是上了年纪的老人。老村长在村口非常热情地接待了我们,接下去的支教日子我们一行人就住村主任家一排别院里头了。木质的别院很古老但不残破,窗棂雕着花,有着很高的门槛,推门时会有厚重的嘎吱声。生活上我们需要克服的便是十几个人共用一个厕所,以及每天没有足够的热水了。

关于住宿和伙食我们坚持要给钱,村主任的女儿便做了当地最典型的"回族八大碗"来招待我们这群远道而来的朋友。我们围蹲一圈,坐一方小板凳,八碗小菜非常丰盛,大多是我们未曾吃到过的食物:炸乳扇,水葫芦,牛干巴,凉鸡,苦菜……明明做好了应对艰苦的思想准备,没承想却能吃到地道的回族待客菜,这让我们感到很幸福,而这样的日子处久了,便真的像一大家子似的。吃完便饭以后回到别院里,领队召集我们一直开会到夜里 10:30,紧锣密鼓地讨论细节,争分夺秒地做最后的课前演练。这一天过得分外漫长,深夜时分等不及轮到每个人使用卫生间,男生们便接了点水于露天进行简单的洗漱,整个人已经困乏到连站着都能睡着,回房一沾上枕头就陷入了沉眠。我和王东老师、余鑫老师三人挤一屋,支教队的生活正式拉开了序幕。

(4)

清晨 6:00，破晓未至，云南的早晨非常冷冽，一开门寒风灌进屋冷得让人直打哆嗦。兵荒马乱的别院里，披星戴月的十几名老师纵横交错在一起，寻一处无人的草丛边上露天刷牙洗脸，厕所无疑成了必争之地，抽水声一早上就没停下来过。等待厕所空出来的时间里我抬头望着天，这边星星真不少，很久没好好地看星星了。小时候，我在夏日的院落里纳凉，星星分明离得很近。我们一心顾着赶路，忘记仰望的年月里，它们会感到落寞吗？它们一闪一闪，不是因为浮云遮蔽，是因为落寞而在抽泣。

在这样寒冷的早晨我想不出比捧上一碗饵丝，喝上一口热汤更舒服的事了，热量通过青花陶瓷传递到冻僵了的手上，要说幸福这事变得多简单呐，幸福感原来可以如此简单地对比出来。将碗里的最后一口热汤喝完后，我们前往村里的清真寺，这个村的孩子们平时就在清真寺里上课、做礼拜。一路上一行志愿者老师们的内心充满了惶惶不安，紧张得不太说话，这就像是一种似乎马上要参加 1000 米体测前的不安，或者像一种明天就要考试今天才复习了一半的不安。马上要见到各自即将带教的班级学生们了，不知过程是否顺利呢？

清真寺前的空地上不少小朋友在追逐打闹，男生们都戴着帽子，女生则戴着头纱，小小的非常可爱。他们对我们充满好奇，不断用眼神打量，有些小朋友的内心深处或许也有些许崇拜，用各种方式想引起我们的注意，比如从背后碰了下我们的腰后立马逃离，被说教了也不听劝。低年级的孩子大多会这样，很愿意以他们能想到的各种方式接近志愿老师们；而高年级的孩子相比之下则高冷多了，成熟多了，双手插在口袋里远远地绕过，径直向各自的教室走去。

待孩子们的早拜、早读结束以后，我们来到各自负责的班级进行自我介绍，简单认识下彼此。我和安然老师此行负责高年级女生班，一个由一群十几岁的女孩子组成的班级。看得出班上有几名孩子很调皮，我才刚说上一句，她们便在底下用我听不懂的当地语言评头论足好几句，可见课堂纪律会是个大问题,我内心只觉这也是意料之中的情景,只是未来的日子果然任重而道远罢了。

　　早上只是介绍认识环节,离我们正式上课还有段时间,孩子们上午得学习他们当地的诵经等回族宗教课程。离开清真寺回别院的路上志愿者们终于可以把憋了一肚子的话倾诉出来,互倒苦水,一个个七嘴八舌地讲述着自己班的情况,哪些个学生未来可能会让人头疼等等。我只想说,每个孩子都是天使,也许顽皮是天使的天性。师者,应在顺应天性和正确引导间找到一个平衡点。兵来将挡水来土掩,支教不仅仅是一次公益,也是对自我的挑战。对于我和安然老师所带的班级,师生间的年龄差距不甚悬殊,理应更容易成为朋友,如果堂堂大学生还搞不定初高中年纪的孩子,那我这几年也算是白活了。

　　班级教室有好些年头了,木漆卷起翘边脱落了大片,踩在有缝儿的木梯上拾级而上嘎吱嘎吱响,教室前边是一扇小小的木质黑板,扬起的粉笔灰在透过朱窗的斜阳照射下舞着光。下午的课程比我预想得要愉快很多,不过这群大山里的初高中女孩子也比我想象中成熟得多,知识面宽广得多,往后的课程内容上我得补充更多知识点来弥补主教案的浅显。班里有名女生最是调皮,观察她的时候我觉得小时候老师经常形容顽皮的孩子为:座位上抹了油,真是个很贴切的表述。以我的脾性并不喜欢指责这群可爱的孩子,我们彼此的人生多不容易才产生了这样美丽而偶然的交集,短暂的交集过后可能此生再无重逢,指责本身多么暴殄天物。我笑着站在讲台前任命她为纪律委员,这下教室里的纪律果然好多了。

　　此行除了给村里的孩子们上课以外,彩云支南协会还委派给了我们另一项调研任务。大理作为国内首屈一指的旅游城市,每年的游客自然络绎不绝,东莲花村虽处于较远的巍山县,却是个拥有独特风情的回族村落,若是能对村落提出较好的发展建议,或者制作一本村落旅册,吸引游客前往,对当地村民来说是一种更为实惠的帮助。

　　这天在清真寺内结束课程后我们走访了整个村庄,绘制地图标注了若干个地标,为最后制定宣传旅册做准备。回到别院后老师们各抒己见,万璐老师和珈瑞老师因为意见不合争辩了一晚上,好在对事不对人,一码归一码,既然所有人远赴他乡为的都是做好这件事,任何不同的声音都应该表达出来,一起寻求更优的方案。

杜奕欣老师写道："跨越千山万水，讲台上实现初心。遇见一群星星般的孩子，成就一段太阳般温暖的日子。为每一份期待期待，每一个明天，披星戴月值得。感谢这段时光，每一天的我，要比昨天辽阔。"

余鑫老师写道："静守时光，兰香泼墨，点滴温婉，情深意长。或许我只是你们生命中不经意的过客，而你们却是我生命中浓墨重彩的一笔。"

陈锞老师写道："第一天的课堂，我以最满怀的期待与你们相遇，你们以最灿烂的笑颜予我支持。"

王东老师写道："怀揣初心，一路向西，在东莲花的每一天，我都在和孩子们一起成长！"

施宏老师写道："初遇东莲花，遇见的是如莲花般绽放的澄澈笑颜，遇见的是如星子般闪耀着对知识渴望的眼眸，遇见的是彼时的自己最初的记忆。喧嚣的城市里负重太久，此刻将心安放于此，不辜负孩子，不辜负青春，不辜负自己。"

摄影师国庆老师写道："远离城市的喧嚣，来到莲花池畔回族村落，这里有淳朴好客的村民，精雕细刻的亭台楼阁，还有一群明净无邪的孩子们，胶片上记录下你们天使般的笑颜，愿你们永葆这份纯真。"

领队珈瑞老师写道："东莲花畔，遇到一群可爱的孩子与可爱的人，让你愿意每日奔波努力，只为笑颜浸染心间。一腔赤诚而来，一怀思念而去，不知谁改变了谁，抑或什么也未曾改变。愿东莲花的天一如碧洗，孩子们的未来一如所愿。我们在远方瞭望，雀跃，为你，千千万万遍。"

（5）

　　随着日子一天天流逝,我们这群外乡人和村民们渐渐变得熟络起来了,低年级的小朋友经常像小跟班似的跟在我们屁股后面跑。好像习惯了三四天不洗头也不洗澡的日子,习惯了每天早晚蹲在草丛里洗漱,习惯了开门便是蚕豆花田和远山白云的大自然,习惯了没有豕猪肉糜的日常饮食。

　　每天村主任的女儿都会给我们烹饪回族八大碗,偶尔会换一换里面的食材,不少从未吃过的云南本地蔬菜都是她自家地里种植的,所有饭菜我们都会一扫而光。有一天晚饭时间李渊老师和余鑫老师坐着马车去下关县城采购教学用具了,缺少两名男老师的饭桌上,我们依然能把每个盘子清空。村里最不缺的就是蚕豆了,二月份云南当季的蚕豆非常鲜嫩,嫩得无须怎么咀嚼,也不用吐壳,而在上海要吃到本地蚕豆,得等到五一劳动节前后了。

　　从初次站上讲台的战战兢兢到讲起课来得心应手,我们别院里的生活不再七零八落,备课、修改教案也不用再花费一整晚的时间了。饭后我们偶尔会走出村外,沿着不知名的小路散步很远很远,或者跑到小山丘上,蓄水塔边,坐在田埂边上看天。云南的天空真干净,丝丝云朵是它的一缕缕秀发,你盯着天空看,它便羞红了脸,这大概便是傍晚夕阳的由来。

　　或者我们会在别院里做些体育锻炼,跳跳广播操,宝琪老师站在最前面教我们练习防身术。出过汗后干脆席地而坐,老师间一起飞花令对诗、对歌。在一起的院落时光像汩汩流淌的音符,绕梁不绝,这非常有意思。

　　几周的课程期间我印象最深的一堂课是给学生们讲述动能势能,能级转换。理论知识讲完后给每人发了一套手工弹簧飞机的模型材料,教孩子们做完后带她们去清真寺下边的空地上放飞。每一个孩子都是那样高兴,脸上洋溢着满满的笑容,凸出高原红的苹果肌,模样可爱极了,惹得同样在室外上素拓课的男生班不断投来羡慕的目光。

农历十六,月亮在云朵后边,竟也美得醉人,隐约可见的轮廓雕刻成一轮月晕,如同围了圈彩虹。浮生似梦,我喜欢这样清静的时刻,能将浮躁的少年心性卸去,如同这山间的朔风,甚至带着寒意。腊月时节,我的生辰也快到了。

21岁的生日,我在一个很美丽的村庄,和一群美丽的人一起过。志愿者老师们在物质匮乏的山区坐马车为我去县城买蛋糕,背着我专门偷偷成立了个惊喜筹划组。那天晚饭结束后有老师提议去别的村子走走逛逛,消消食,我毫无察觉地跟着一块儿去了。没承想这竟是他们故意要把我支走,从而有时间在别院里布置惊喜和生日派对。学生时代里难忘的生日场景并不少,每年总想有些仪式感去和昨日的自己告别,拥抱崭新的一岁。而在此间度过的这次生日无疑是最为难忘的了。

彩云支南协会是个很有爱的大家庭,志愿者老师可能会去县城买蛋糕,这是我预料到的,但一直以为他们会在我生日当天庆祝,以至于对于这提前一天的惊喜,一下子把我狠狠砸到了。当和几名老师一起散步回来推门而入的时候,别院内一片漆黑,随后烛光出现时,我才突然反应过来。

我觉得自己无比幸运。

第二天一早,我和安然老师一如往常来到教室,发现小小的一方黑板上歪歪扭扭写满了包老师生日快乐的时候,我再也抑制不住,感动的泪水,决堤似的不断往下流。来云南支教,孩子们带给我的比我带给他们的更多。

我觉得自己无比幸福。

宝琪老师写道:"这个班的女生懂事乖巧,温柔细腻,很多都很优秀。男生虽说很聪明有创造力,但也颇为顽皮,尤其喜欢打篮球和NBA还喜欢开玩笑,是一群喜欢挑战难度的小学生。"

李渊老师说:"孩子们就像东莲花的星空,其中的点点繁星或许不是一般的明亮,但却注定少不了彼此的交织辉映。在我的心目中,他们都是闪亮的。相信两千公里的距离不会磨灭这个寒假的刻骨记忆。"

诗嘉老师写道:"摇曳在粉笔尖的舞姿,是聚光灯下最浓烈的一抹亮色。怀善心而来,善始,善教,善学,善终,因为心中有景,何处都如村里的蚕豆花一样,美丽得很灿烂!"

安然老师写道:"拿起工具、纸条,静下心来做一做手工,我享受着指尖的快乐。在冬日里暖暖的阳光下,看五彩的纸条跃动在这群美丽的小姑娘的指尖,我为她们的快乐而感动。愿这缤纷的纸条给她们的生活添一抹色彩。"

万璐老师写道:"难以忘怀的是这般灿烂的星河,明亮的月光和活泼的风;更无法忘却的是这里孩童们狡黠的笑脸和求知的眼眸。或许这群孩子们不是第一次当学生,但是我却是第一次当老师;真的是如此幸运遇见了懂事而可爱的孩子们!勿忘初心,好好努力!"

高峰老师写道:"重逢不期而遇,很多面孔从大脑中走到眼前,又将有很多面孔从眼前进入脑海,记住你们是我的义务,被你们记住是我的荣幸,离别的钟声即将敲响,但愿能有下一个相遇。"

至于村落调研的部分,我们抽空分组走访了好多农家,去了解对我们来说十分陌生的文化、礼仪、习俗、历史等,为之后的成品宣传册做更多的素材收集工作;也考虑到先前的巍山古城被焚毁,村落这边的木质结构住房自然也是防火重灾区,所以志愿者们设计制作了一份防火主题的回族挂历,发放到了村里的每户人家。

有一天我们去了巍山古城发放调研问卷。被烧毁的古城墙覆盖上了浓浓的一层烟灰,架满了脚手架等待修缮,然而古城边的青石板街道很美,若非这一变故,这儿理当游人如织才是。晚饭找了家小馆子解馋,吃到了久违的鱼肉和猪肉,借着微醺的酒劲,我说:"我们好像已经认识了很久。"宝琪老师回应道:"对,这种感情已经和高中同学差不多,是同甘共苦的战友。"最美的年华,最美的时光,和最美的一群人在云南支教,我想说:"认识你们每一个人都是难得的乐事。"

再后来,便开始着手给孩子们写离别的明信片了,已经和高年级女生班积累了太多情谊,竟有些害怕那一天的到来。在屋子昏暗的灯光下,刚写了几张,孩子们一张张笑脸便浮现在眼前,可爱美丽纯真的回族少女,安静乖巧,也有那几个调皮捣蛋不惧和老师冲撞的,但又是调皮得那么可爱,那么有个性,那么像中学时候的自己。

拖着行李箱离开别院去往村口大巴车的小径上,孩子们三五成群地来为老师们送行。我们何德何能会受到这样的礼遇,要他们快回去吧,可他们硬是固执地目送我们一个个上了车。目送是个落寞的词语,落寞到话到嘴边却不晓得怎么脱口,人活一世目送过你的人不会多,可见这个词语多美,分量多重。一直到驶离那一望无际的蚕豆花田,车上的氛围还是低沉得能拧出水来,好些志愿者老师忍不住低头啜泣。

远行的意义在于充满了未知,支教的光阴就像此间绝美的白云,聚散依依分分合合,在空中走得很快,每一片段都充实得紧。十几个人用一个卫生间的日子,每天在古兰经声中入梦和醒来的日子,和调皮孩子斗智斗勇,诉说衷情的日子,被称赞"你们大学生见识广",被热情招待的日子,开门就是翠绿的蚕豆田和连绵的群山的日子……时光让我们渐渐失明,可孩子们还能看到我们已经看不到的东西,他们细腻简单的心思让已经长大的我们猜也猜不着,心底唯有一腔漫溢的感恩。有些感觉和经历一旦写下来转换成了文字,远没有当下那么震撼。我感谢这次经历,非常非常感谢它。

离开东莲花村后,我们在大理古城逗留了数日,郝云的那首歌《去大理》当初单曲循环了很多个晚上,现在我们得以如愿租一辆自行车沿着洱海骑行,看湛蓝的色调与飞翔的海鸥,阳光一如帘幕似的从苍山上洒落下来,化作一场丁达尔效应的盛宴,澄明释然大抵就是这样的感觉了。有那么一刻我非常希望我们十三位志愿者老师能一直这么骑行下去,而眼前的洱海那么浩大,似乎一辈子也骑不完。

多年以后我们都已然踏上各自的工作岗位,忙碌得甚至很难再记起村落别院里的生活碎片以及清真寺教室里琅琅的读书声。然而有一天一位当年的学生突然在社交媒体上给我们留言:"老师,我考上了上海的东华大学。"那一天,我们透过眼下这习惯了浮躁的人间捕捉到了一瞬很美的东西,就像一阵及时的风,把落满的尘灰吹散了。

第十章 留德年华

(1)

天睡得少了,蚊子变少了,凉席渐渐侵入赤裸的背脊了。他们说,入秋了。

袖子变长了,裤子增肥了,眼角的纹路不知不觉繁殖了。他们说,你要走了。

我过着欧洲时区,屏幕上是萤虫尸体,笔记本发烫和着风扇的嗤嗤声。我说,年轻着呢。

我剪了个小板寸,左右两个四轮箱子,配了顶帽子回头再望一眼老屋。我说,那我走了。

（2）

　　小桌板上方的触摸屏清晰地实时绘制了本次航班的飞行路径,沿途经过哪些地方,它们都是哪些地貌。从中国上海辗转德国慕尼黑,飞机追逐西沉的皎月,跨越了半个地球。我这才对我们赖以生存的世界有了些许模糊的概念,原来脚下的这颗蓝色星球也就只有那么大而已。以前觉得世界天涯莫及,一如老宅的灰墙上那不知疲倦的钟摆匆匆奔走永无止境,然而盯着这一方小小触摸屏的此刻,突然破茧般地觉得此生环游世界一趟好像也并非一定是天方夜谭。大学前三年的准备和努力就是为了能在本科最后一年顺利来德国留学。2015 年 9 月 15 日,我第一次离开了于斯生长了 20 余年的祖国,这阴差阳错的学途,离家是愈来愈远了;这踏足德国的第一天,值得在我人生的履历上记上一笔。

　　未知和好奇,紧张和兴奋换来的是机上一夜浅浅的睡眠,早上 5 :45 分飞机抵达了慕尼黑国际机场,从机场到 Ingolstadt 中央车站——我们的目的地,有直达的机场大巴。一大清早整辆车上只有我们一行四位来自中国的学生,像撑叶的含羞草簇拥在一起,脸上带着怯生生的稚气,打量着周遭全新的环境,就连问路也变得战战兢兢,从脑海里甄别着之前三年所学的单词,拼凑成一句司机能听懂却又很不地道的德语。哥几个每人拖着的两个 30 寸大箱子里,载满了家人的关怀与不舍,同样载满了热切的期待。我的眼睛贪婪地望着窗外缓缓流逝的画面,片刻不舍得停歇,身体的疲累就这么被美景稀释掉了。地广人稀,辽阔的绿茵原野上点缀着欧式小屋和尖顶教堂,目光所及的一切都是美好。

　　学校的国际部协会提前为留学生安排了 Buddy 和志愿者,他们早已在中央车站等候多时,这一张张新鲜的各国面孔是我们来到这个陌生的国度所结交的第一批朋友。中央车站附近有琳琅满目的面包店,它们被烹制得很精致,像一件件价值不菲的艺术品,就如同中国人能把各式菜系烹饪成花,西方人则把心思全花在甜品糕点上了。

　　协会分配给我的 Buddy 是来自芬兰的 Janne,一名典型的北欧壮汉,他拥有一双很好看的淡蓝色眼睛,这已是他在 Ingolstadt 待的第二年了。

寒暄后,他笑着从我手中接过一个行李箱,引着我到租住的地方,又去营业厅带我办了当地的手机卡,领我去品尝在德语课本上早已被安利而熟稔在心的土耳其肉夹馍 Dünner,旋转着的烤肉在油脂的浸润下散发出诱人光泽,口感肥而不腻,4.5 欧元一个能吃得很饱。刚到德国的那两个月,在每次消费时我会本能地按汇率折算成人民币,折算出结果后自然是感到阵阵心疼,这过程就像作茧自缚似的。

租住的房子坐落在 Ingolstadt 老城中心地带,位于市政厅前,那条绵长的主街美得让人觉得不真实,巴洛克式的雕塑,汉白玉雕砌的小人憨态可掬,一排排带绿色百叶窗的尖顶建筑修葺得很整齐,用不同的糖果色上漆,宛如一个童话小镇。我们的房子是德国典型的 WG(学生公寓),共住着十几名留学生,要认全并且记住他们各自的名字可能要花些工夫,欧美人的长相在我眼里差得不多,高鼻梁白皮肤,而且墨西哥室友的名字发起音来难得不像话。

一直到收拾完了行李,挂好了衣服,铺好了床榻,望向窗外恬淡而陌生的景致,我听到了每逢半点教堂悠扬而古朴的钟声,这感觉依旧像在睡梦中似的,昨晚还在国内话别,今晨便孑然孤身至此,可在有这念头的当下,又不断提醒自己的的确确在德国安顿下来了,并即将在这里结束我的本科生涯,为这迄今十多年的漫长学生时代划上一个并不让自己过于失望的句点。

我很喜欢所居住的这套 WG,来自世界各地的学生朋友生活在一起,客厅里有两排皮沙发,就像《老友记》似的我们编织一段彼此人生中丰盛且难忘的共有记忆。白天的 WG 里很安静,或在各自房间的书桌前读书学习,或躺在小床上叼着薯片看电影,一旦到了饭点我们便一起出现在公共厨房,聊的话题小到洗碗机洗衣机怎么使用,或者各自国家的代表性美食,大到人生观价值观婚恋观。一群文化背景各异的年轻人待在一起能碰撞出很多意想不到的火花,不管是思想观念上还是行为习惯上,生命的调色盘里最终调和成什么颜色无人知晓,每个执笔人和观众一样翘首以待。有天夜里去厨房做宵夜的时候,我看到 Janne 和 Agi 两个人端坐着正在裹一个我从未见过的玩意儿。我好奇地询问这裹的是什么,Agi 用他无辜的大眼睛看了我一眼,说他们正在卷烟草,随即又低下头细心地裹了起来,这位头发自然卷,留着络腮胡子的巴黎小哥继续道:"自己裹经济得多,商店里现成的烟太贵。"卷完后和 Janne 移步阳台很享受地吞云吐雾去了，问我要不要一起，我本能地拒绝了。在前二十余年的成长时光里我还从未抽过烟，咱父辈们或许十个人里五六个都抽烟，不过90后、00后吸烟的比例着实低了不少。然而对于这公认的有损健康又似乎让人欲罢不能的小玩意儿，我确实充满好奇，第一次知道原来用烟叶便能卷出一支支烟来，加之亲眼看到它的原材料仅仅只是植物叶片而已，似乎披上了一层健康的滤镜。我想，下次室友们来递烟的时候我也可以试着放下心里的成见，一起去阳台上吞云吐雾侃个大山。

西班牙姑娘 Marie 也是厨房里的常客，她制作的提拉米苏入口即化，带有淡淡的朗姆酒味。她总喜欢选用可可脂含量95%的黑巧克力粉，恰如其分地中和了奶油的甜腻味，与商店里售卖的那些不遑多让。新生见面会上老师问我们各自拥有什么爱好，大伙不是答唱歌跳舞就是潜水摄影，或者攀岩滑雪，只有 Marie 大声说"烹饪"，引得同学们一阵大笑。然而在往后的一年里当我无数次品尝过她做的甜点以后，我为那时的嗤笑感到万分抱歉。Marie 的烹饪效率极高，她基本上只需要用到冰箱和烤箱，当我为做一顿中餐霸占着灶头洗切配焖炒煮，这持续的个把小时里，她早已做好了她的三明治、烤牛排以及布丁甜品，然后用好奇的目光细致地打量我是如何制作中国菜的。

有一回我终于厌倦了番茄炒蛋和蛋炒饭，斥巨资从超市提溜了一整只鸡回来，来到厨房以隔水清蒸的方式烹制鸡肉，调配了一碗满是家乡味道的秘制蘸料，来给自己换一换口味，补一补营养。在沸水的咕嘟咕嘟声中鸡肉逐渐散发出阵阵清香，多数室友们正围坐着吃饭，我便盛了几个小碗递给他们一起品尝。孰料在我眼中的珍馐美馔对他们来说却是道难以下咽的黑暗料理，Marie 很给面儿地吃完了，可 Agi 和 Janne 仅仅咬了一口便扔在了桌上，他们不喜欢带有骨头的食物，也不喜欢同享一碗蘸料，蹙眉嫌弃地说："嘿，哥们，答应我以后不要再做这道菜了。"

诸如此类的生活场景在我们小小的 WG 里天天上演，时而有趣，时而荒诞，时而充满了不理解。

老城正中心的 Poppenbräustrasse（街道名）附近坐落着 Ingolstadt 最宏大的教堂，因为宗教和历史等原因，欧洲的城镇基本都是这样围绕着一座座雄伟的教堂铺设开来的。中世纪欧洲的精神领袖源于宗教，教堂处于城镇中心，方便民众前来礼拜。教堂在我的刻板印象里是举办西式婚礼的场所,牧师庄严地扯着富有磁性的嗓音念着导誓词,问新郎新娘无论生病抑或健康,贫困抑或富裕,是否愿意携手一生,新人则搭着双手深情凝视彼此的眼睛泪眼婆娑地回答"Yes,Ido。"然后在宾客的掌声中甜蜜地拥吻。这是电影里令人神往的故事情节,在我第一次踏进欧式教堂以前,类似的画面在脑海里已然温习了成百上千遍,故而当Janne带我去参观这座大教堂的时候,我的脚步放得很轻,恐怕会惊扰了这份神圣感以及心底深处关于它的至真至美的印象。推开教堂厚重的大门,一种空灵和纵深感扑面而来,仿佛带着一种古朴而肃穆的气场跨越千年的时空,圣像和画作是这段连接的承载者,那一刻我相信艺术真的是有生命的,我们在打量他们,他们在审视我们,他们和你我这般活色生香的存在没有区别。

　　这一天教堂里没有举办浪漫的婚礼,取而代之的是很多基督教徒在整齐吟诵,他们穿着得体的衣服,在祈祷上帝能帮助从中东、北非涌进德国的难民,呼吁教众伸出援手,平等接纳并且善待众生。

　　小城的这座教堂和欧洲多数大教堂一样,里边有一隅陈列着几百年前国王们用过的各种金器、银器。欧洲中世纪盛行过政教合一的统治制度,这些金银同样也是他们的法器,是权利的象征。我本非基督教徒,但对别人信奉的宗教信仰充满了尊重,对于世界上的不同文化充满好奇,Janne见我饶有兴致的模样,便给我介绍了忏悔室如何使用,他还说教徒所诞下的新生儿都会被抱到这里来,被神父用圣水在额头上画上十字符号,这在他们的意识形态里是一种庇佑。

　　距离WG东边5分钟的步行路程,就是那条让我憧憬已久的著名河流:欧洲的多瑙河。施特劳斯的《蓝色多瑙河》极负盛名,没承想这条蜿蜒的河流就在我家附近。它流经东欧多个国家,同样自北向南贯穿了Ingolstadt这座中世纪小城。

　　"你多愁善感,你年轻,美丽,温顺好心肠,犹如矿中的金子闪闪发光,真情就在那儿苏醒,在多瑙河旁,美丽的蓝色的多瑙河旁。

　　香甜的鲜花吐芳,抚慰我心中的阴影和创伤,不毛的灌木丛中花儿依然开放,夜莺歌喉婉转,在多瑙河旁,美丽的蓝色的多瑙河旁。"

　　漫步着走过去的路上,Janne问我:"你觉得多瑙河是什么样的?"
　　我说:"我希望它和我想象中一样清澈。"

他顿了顿："你一会儿看了就知道了。"

其实多瑙河不过是一条再普通不过的河流，并没有想象中的清澈，也并非如乐曲中所吟唱的那样湛蓝，这不免让我感到些许失望，但失望过后便是平静地接纳，这个过程就像经历了一场修行。已走过来的人生无数次提醒我们不要对人事赋予过高的期待，即使高高在上不可亵近的神坛经过人为的渲染、提炼或雕琢，终有一日也会归于沉淀和平凡，在历史扬鞭奋蹄过后化作滚滚尘烟。我只是沉默地看着桥下打着漩儿的河水，在心底对自己说："瞧，这就是多瑙河。"这像是对自己夙愿的一种弥补式的交代。

多瑙河沿岸的风景很美，碧绿的叶子仿佛能沁出汁水来，不少博物馆和剧院坐落两旁，政府沿着河岸修葺了很平整的步道，在后来很多个下了班的傍晚我会沿着多瑙河跑步，累了便干脆躺倒在草地上晒月光，那惬意闲适的感觉好极了。

(3)

在德国的三周以来,我每天走过主街凹凸有致的青砖路,经过一幢幢不高不矮的糖果色洋房,走过香味扑鼻的面包店,路过一个个畏缩在墙角的拾荒者,看到一个个才华横溢的行为艺术家,和很多叫不上品种的名贵犬打照面,周围都是英俊美丽的面孔,棱角分明,身材伟岸。我有一种似乎已在这里居住了很久的错觉,却抵挡不了没来由的源于灵魂深处的陌生。我不敢走进主街上门面亮堂的服装店,橱窗陈列的商品都很昂贵。而在超市里采购的始终是那几样最便宜的食物或者日用品,来德第一次逛超市的时候我便和木木他们一起对比过了所有日常用品的价格,知悉了哪个品牌的性价比最高,小小的一家超市,我们硬是逗留了两个小时。我也没有余钱布施给街角衣衫褴褛的拾荒者,在这座小小的陌生城市里,我行色匆匆。

我也渐渐厌倦了留学生群体隔三岔五的聚会派对,偶尔跟着一起去卡拉 OK 听听音乐,换些新的娱乐活动消遣时间,可当走进拥挤的地下卡拉 OK 厅,发现这阵仗和国内很不一样。国内是一个个独立私密的小包间,我们亚洲人在聚会时更倾向于空间的私密性和安全感,而 Ingolstadt 这边却是个公共的 KTV Corner,你会被所有沉浸在酒精世界里的年轻人们一览无余,唱功上若是没些真本事,还真的没这厚脸皮冲过去吼上几句。

饮料一杯杯地流淌进年轻人的喉咙,搭配上德国极负盛名的咖喱香肠和猪肘子,美食助兴,肾上腺素上升使他们开怀、扭转、跃跳、碰杯、调情。我跟着室友尝试过几次烈酒,酒精浓度很高的威士忌和伏特加,即便与果汁混合,调制成鸡尾酒后依旧辣嗓子,每每下肚,皱起的眉宇就像是在额头上汇聚了条小溪。Janne 甚至把基酒当水喝,他说在芬兰气候太过寒冷,人们都这样,喝两杯酒有利于助暖,我接着说:"那你可以试试中国的黄酒,冬天若是再配上一锅热腾腾的羊肉汤,你的手脚会暖和得像火炉。"当我回到 WG,照镜子时发现脖颈处起了红疹子,才想起自己酒精过敏这件事。这个镜中人从遥远的东方跨越山海,挥霍着父母操劳半生的辛苦钱来到这里,他就像在青天白日里做着一个不切实际又

不甘醒来的梦一样。酒精无疑是个坏家伙，我意识到它正在麻痹我来这儿留学的初衷，乡下小岛上的亲戚们定然想象不出我在拥挤的地下卡拉OK厅雀跃的模样。

生活就是这样，令人上头的新鲜感被时间慢慢冲淡的时候，亮丽的遮羞布脱开了针线，揭开了琐碎的本质，这过程就像温水煮青蛙似的，又轻柔又残忍。我开始对自己的语言能力产生了质疑，苦学了那么多年的英语在一场派对上还是远远不够用。一开始我很少能理解 Agi 他们的笑点，他们总会聊着聊着就没来由地捧腹大笑，画面背景里是一脸茫然疑惑的我，后来相处时间久了从他们嘴里学到了一些成人词汇以后，渐渐才能明白他们在笑什么。果然在那样嘈杂疯狂的环境里，能加点料的也唯有全世界最通俗的话题了。

于是便会有那么一刻，我觉得自己从内而外地不乖了。这样的矛盾感积少成多，融汇自洽，终会在某个无法预料的场合达成全面和解，塑造成一个全新的你。这是两个自我世界的彼此碰撞，一边是在国内 20 年的规矩教条下或有意或无意的隐忍和习惯，一边是在或循循或不堪的诱惑面前，想不顾一切丢盔弃甲的尝试。

万圣节这天，WG 里的所有留学生都扮上了，Marie 贡献出了她的精致化妆包。我们一堆男生围着这百宝箱似的小包像打开了一扇新世界的大门，学着 Marie 的样子在脸上乱抹一通。女生们笑得前仰后合，以她们的审美帮男生们补救了一下，终于一个个的看上去像那么回事了；街上的小孩子们同样穿着奇装异服，扮成可爱的鬼怪挨家挨户地敲门讨要糖果，万圣节对于西方人而言，其意义类似我们的清明，为祭祀亡魂，祈福平安之意。虽然人类创造出了不同的文化世界，演变出了各自截然不同的文化习俗，然而对于美好的希冀，真诚的祈愿却是殊途同归。我对室友们说，在中国有个传统节日叫清明，人们会在这天祭奠逝去的亲友，有一首古诗这样写道："清明时节雨纷纷，路上行人欲断魂。"借由诗中款款流露出的意境，他们竟是听得格外入神。

这天，我们这群"妖魔鬼怪"从迪厅离开后在街上晃悠了很久，寂寞是一个人的狂欢，狂欢是一群人的寂寞，望着德国早早闭店的街道，满心落寞，我们手里拎着掀了盖的啤酒瓶子，像极了误入歧途的混子。Marie 给我递来一支烟，我毫不犹豫地接过点上，和他们一样深深吸了一口，苦涩的味道沿着口腔直入肺腑，这就是吸烟的感觉吗？痛快吗？

享受吗？我为什么没有感觉到呢？

Marie 说："如果不喜欢，可以不用吸入肺里面，只裹在口腔中然后吐出来就好了，我也经常这样。"在我不擅长的派对场合她就像老师一样，很顾及我的感受。我反问："那为什么还要选择吸它呢？"她挑了挑眉："我也不知道，大家都这样。"为了融入环境，烟酒像一条捷径，不是环境塑造人，而是人总想着走捷径。

火苗缓缓蚕食着烟丝，夜晚我们的影子被拉得好长好长。这一夜我们像极了无家可归的难民，在主街的雕塑旁聊了很久很久。我希望眼前的这群新朋友有机会可以去中国看看，就像先前欧洲之于我充满神秘和魅惑，遥远的东方大陆对他们而言也应极具吸引力，以至于他们应该和我一样，同样可以克服距离上的障碍。

二十出头的年纪，熬夜简直是家常便饭，似乎全身有使不完的精力，眼角也从不会因为一两次通宵而拓印上干裂的纹路。凌晨时分我和 Janne 先回了 WG，盥洗间里还躺着我积累了一周的脏衣服，再不洗隔天可就没衣服穿了。待我顶着晕乎乎的脑袋终于拧干最后一件衣服，准备回屋睡觉的时候，Agi 带着第二场派对上刚认识的新朋友回来了。他看到我还没睡竟一手搂住我的腰，一手像跳舞似的一个劲儿往上挥，用身体摩擦着我的身体，这是把我当成钢管了吗？着实把我吓了一跳。

"嘿哥们，你没醉吧？"

"我完完全全清醒着，快过来一起聊天。"随即，他又跑向厨房招待新朋友去了。

我们中国人的性子含蓄内敛，很少以如此大幅度的动作去表达情感，在交往的过程中欧美人很快也会意识到这样的东西方差异。可当一位西方人能主动和你进行亲密的肢体接触时，应该是你们真正开始放下芥蒂，变成真朋友的时候了。我感到高兴，只不过，这一晚想安安稳稳睡个觉是不可能的了。

留学生的娱乐生活大抵如此，欧美同学喜欢没完没了的聚会、派对、蹦迪，发明五花八门的游戏变着法子喝酒，气氛声色犬马地融合，却又枯燥乏味得像一潭死水。新鲜了几次过后我难掩疲态，有时候想要独处，想要安静的氛围写作、自省，或者单纯睡个好觉，却未必如愿。有一天凌晨两点，Marie 和 Agi 还在厨房里放着动感音乐，我躺在床上踌躇

良久,鼓足勇气打开房门把他们两个训了一顿。这是 WG 同居的一年里难得的一次争吵,扫了他们的兴致我感到很抱歉,但也不得不表明我的态度。相比于东方人的含蓄表达,措辞上的唯唯诺诺,行为上的犹犹豫豫,西方人要直接洒脱得多,他们更擅长以自我为中心。训斥过后我想了很久第二天要如何面对 Marie 和 Agi,是否需要避让或者尴尬的冷战,这下反而变成真的失眠了。那我这一番大刀阔斧的开门训斥图什么?要不就沉默着隐忍,要不就挑明后入睡,挑明过后又觉得不是心安理得,瞻了前还要去顾后,这扭捏的性子活该睡不着觉,动作行为向西方靠近,可骨子里的思维方式没能同步,至多是伪洒脱,伪洒脱不是洒脱,离洒脱还远着呢。

没承想 Agi 第二天一早简单的一句 "Sorry for the noise last night." 便让这事翻了篇,简单得让我觉得昨晚的深思熟虑和辗转反侧那么不值。

在来德国以前,我也已经在大学里苦学了三年德语,高分通过了 Test DaF,那些个手不释卷的清晨与黄昏,鸟鸣与虫吟,都还历历在目。然而在这儿的专业课课堂里,我却感觉自己仿佛从未接触过德语一样,我蹙着眉宇认真地聆听,却只能捕捉到教授一句话里的几个词,剩下的语义一半靠推理,一半靠臆测。这让我充满了挫败感,心里没底的时候就连寻常走路也如同踩着团棉花似的,没有明确的支点。这悬殊的心理落差需要强大的内心去克服和适应,自从我选择来德留学这条路起,便已然没了回头路。

你还想回到原点吗?

对不起,你回不去了。

远赴重洋出国留学,似乎在绝大多数人眼里是一种光荣和卓越,在我眼中多数时候亦然。然而各中复杂纷繁的滋味,真正来了过后,才能切身体会得到。生命中充满了说着容易做起来难的事儿,那些咬牙克服并坚持走下来的人,无不拥有一颗强大的内心,人们钟爱心形,可该是经过怎样的打磨它才得以变成如今"心"的形状?这是留学生活教给我们的重要一课。无须惧怕走路跟跟跄跄,因为跄跄也是在前行——我们婴儿学步时便经历过了。

时光一旦进入第四季度,德国漫长的冬天便来临了,屋里不开暖气手脚便凉了。我望着楼下枯败的老树,摇摇欲坠的黄叶随时光片片零落,却思量起和煦的春风来了。

（4）

因为虔诚的信仰，这个世界上诞生了非常多的仪式，经过时间的发酵、联结、扭转、轮回……哪怕最初的意义被逐渐淡忘或者更迭，传统也依然能保留下来，如同大漠深处那棵中空的胡杨，屹立着千年不朽。哪怕再怎么排斥和惧怕婚姻的束缚，不可否认婚礼是这彷徨的人世间最神圣美好的仪式了。

有些人的婚礼现场倘若错过了你会觉得遗憾一生。停留于国外的孤独时光里人会错过太多的"唯一一次"，踽踽独行，阡陌两旁堆满了令人心疼的遗憾。老话说"舍得舍得，有舍才能有得"，又想起仓央嘉措的那句"世间安得两全法"，这是人间很无奈的事。

我就这样错过了一个很重要的人的婚礼现场。村口发生的悠闲童年影像里，这位美好的新娘占据了很大篇幅。一向忍让着我的堂姐成家了，她只比我大两岁，我们两家的房子毗邻，两个小孩子从小一起玩着泥巴，挑着花线长大。堂姐是一个特别善良的人，用家乡话说就是典型的"老好人"，毫无城府，心思单纯简单。恭喜她在恋爱到结婚这条常人不一定很顺遂的路上走得很顺遂，也恭喜她遇到一个憨厚老实的男人对其疼爱有加，懂得呵护与照顾。

我那感性的姑姑特地发来了婚宴上的照片和视频，带转盘的酒席上堆满了精致的东方菜色，显眼的中华烟和五粮液，宾客们咧着嘴儿推杯换盏。堂姐身着一袭白色婚纱，化着浓妆，身材高挑的她显得更好看了。这热闹的氛围可真是久违啊。镜头慢慢左移，移向座席间的父亲，父亲就说了两句最简单的话。

"哎哟，有什么好说的。"他笑着顿了三秒，"好好学习，注意身体。"

这让正在图书馆里复习功课的我不禁红了眼眶。这位典型的中国式父亲还真是一如既往的惜字如金呢。

我们的父辈已过半百，他们很得体地沿袭了宗制、习俗，操办起事务来有模有样，他们能主持大局，井井有条地打理家室。总有某些瞬间，当

屋檐挂着的旧铃铛响个不停的时候,你心里比任何人都要明白:霜染青丝不骗人,身材发福不骗人,眼角褶皱不骗人,哥哥姐姐的婚礼不骗人,父辈们马上就要成爷爷辈了。

而爷爷辈,已到了风烛残年,岁月留给他们佝偻的背脊,蹒跚的步履,后移变秃的发际线,以及越来越混沌的头脑,他们静静地站在一旁,背过手去看着子辈操办一件件有模有样的家族事宜,看着孙辈慢慢长大嫁为人妻。不管之前如何戎马一生,威风凛凛,或者三从四德,相夫教子,岁月着实从他们身上偷走了太多太多,而且偷得变本加厉。

一辈接替着一辈,像老树不断延伸着的根须,一脉相承这件事情印证了生命的伟大和神奇。

几天后,堂姐给我发来了网盘链接,里头是他俩整场婚礼的完整纪录片。德国的网络深谙我的迫不及待,竟调皮地同我开起了玩笑,下载到 20% 左右就莫名断开了,吊足了我的胃口。趁着重新下载的空档,我打开了这 20% 已下载完毕的片段,十几分钟的镜头里,爷爷奶奶只出现了几秒,爷爷在微笑,患有阿尔兹海默病的奶奶一如既往地看着这个"陌生"的世界,天大的热闹和悲凉也与她无关了。

此时 WG 客厅里墨西哥室友还在开着派对,他们玩德州扑克的喧嚣声穿透墙壁而来,屋里头的我没有心情,这热闹也和我无关了。脑海里不断闪现出视频里爷爷奶奶熟悉的身影,我用手掌揉搓了一下自己油腻的脸庞,扶着额头望向德国冬季已然空荡荡的窗外。我在想读完本科后便回国工作吧,我也在想要不然二月份咬咬牙买张机票回国过年好了。年啊,过一次便少一次了,爷爷已经八十余岁高龄,剩下的年关或许一双手便能数得过来。

我是如此想念中国,即使它有很多不尽如人意的地方。我尤其想念中国的食物,想念 24 小时营业的便利店,想念无论多晚也总有陪着吃夜宵的伙伴。而在如今这座栖居的城市,我每天不是煎牛排煮意大利面,就是炒一盘做法最简单的中餐,生活简单得如同一锅无人问津的清汤寡水。

晚上借着窗外星辰的微光我辗转难眠,月色些许清冷将房间映衬得煞白。我珍惜在国外独立而自由的日子,但同时也放不下地球另一面正发生着的悲欢。留学就像一场修行,如若在能力范围内还没混出个信服的结果,那对于那些牵肠挂肚的悲欢迫不得已的放弃,也太过不值了。

泰戈尔写过：“如果你因失去了太阳而流泪，那么你也将失去群星。”你我可不能再失去群星了。

　　来德国留学，面临的挑战无疑是一天接着一天的，大四第一学期的10月上旬，该是为第二学期的实习论文投递简历的时候了。很多个夜晚，我反复润色着自己的简历和 Anschreiben（德国求职时需要递交的一份个人简介，用于阐明与岗位的契合度等）；委托德国同学帮忙修改语法；在求职网站上筛选和申请着所能胜任的岗位，然而石沉大海是最普遍的结局。寻找企业实习的这个过程有多么难熬，每个有留德经历的朋友都深有体会。

　　一个熬夜投递完简历后睡眼惺忪的上午，我像蛰伏许久的泥蝉探出温暖惬意的被窝，长长地伸了个懒腰，盯着眼前空无一物的天花板发呆。角落里一只小蜘蛛在忙着织网，这寒冷的季节里，这间小屋里会有它的食物吗？

　　是不是因为周遭环境的改变没有给我们太多的喘息余地，是不是因为我们的适应能力要比自己想象中强上一大截，怎么好像已经来德国很久了呢？好像父母亲与我在浦东机场送别的那天已是很久之前的事了。我曾幻想过多次走进安检通道后与父母亲回眸相望的场景，对于人生中这第一次很长时间且不问归期的分离，若是没有拥抱或者眼泪的参与像说不过去似的。可事实上一切终究是意料外的平静，平静得就像我只是从老宅去城里的高中一样，就像只是从小岛去市区的大学一样，父亲将双手插着裤兜，母亲怕来不及似的补充了一句：“在国外照顾好自己。”我连头也没有回，而已。

　　秋去冬来，四季该更替的时候还得更替，昼短夜长，这不，欧洲的冬令时就匆匆赶来了。

　　我打开房门，看到 Agi 听着动感的音乐在厨房里捣鼓着 brunch，这位法国小哥扭动着身体，旁若无人地挥舞着锅铲，心情看上去应该很不错。一瞬间一阵律动感传递了过来，贯穿我全身上下。

　　“嘿！哥们！我在欧洲啊！”我在心里对自己这样说。

　　是啊。我身在欧洲，在留学。我在走无数学子想走的路，在走曾经的自己——那个躺在宿舍床上追着旅行综艺《花儿与少年》的自己想走的路，彼时满脑子装的都是雄伟的教堂和中世纪的城堡，是长长的有轨电车和奇装异服的街头艺人。或许是因为这一路的本科生涯都是提前计划好的，在我真正抵达欧洲的那会儿又忙于办理各项事宜料理生活，

整个人显得过分平静了，只有今天看到厨房里的 Agi 时萌生出刹那间的兴奋感而已。

这阴冷的季节好在还有暖气，屋里屋外两个世界，在屋里室友们都肆无忌惮地穿着短袖短裤，很不修边幅。留学无疑是精彩的一趟旅程，你变成了"外国人"，消费观念潜移默化在改变，文化背景潜移默化在融合。周末的时候买一张火车通票，整个巴伐利亚州随意溜达：路德维西二世设计的新天鹅堡——那个迪士尼城堡 logo 的原型；碧绿得一如翡翠的国王湖和泊满了风帆的基姆湖；阿尔卑斯山脉群里那座德国最高峰楚格峰；甚至还能去奥地利莫扎特的故乡逛一遭——德国买的火车通票跨了国，竟在那儿也能用。

可是，我还是孤独地重温起了《花儿与少年》，想着圣诞假期是否可以去趟意大利，南欧的气候会暖和一些，重温这部综艺就当作是提前准备旅行攻略；我更想做一个对比，当初在国内观看时的心境和现在比起来有几多差异。在这个过程中我很悲伤地发现一件事：我的青春，它也在远行。

三年前踏进大学校门的那个自己，已经遥远得徒留一帧模糊的影像，那时候堂姐非常认真地告诉我，大学生涯是人们短短一生里头最美好的时光，最是值得细细咀嚼的。而今这段时光如同一根燃烧殆尽的火柴棍，黯淡下去的火焰预示着即将走到尽头。我可能已没有自己认为的那么年轻。

我窝在房间里中了邪似的查找电脑里留存许久的老照片，旧视频，然后在某个已不起眼的文件夹里惊喜地找到了《那些年，我们一起追的女孩》，认真地从头看到尾，百感交集，五味杂陈。它于我宝贵青春里的激励和意义如同调取了录像带一样，一瞬间原封不动地纷至沓来；那些个瞒着陪读的父母对着影片百看不厌的凌晨，以及偶尔因为考试没发挥好而捶墙的房间，仿佛那是青春故事里最艰难的时光了。

现在想来是多么美好的时光，美好到不可复制，美好到不忍心拾忆。我想起高中数学老师毕业前那句意味深长的话："可是以后你会怀念高三的。"

看到影片最后柯景腾亲吻新郎的那刻，我竟还是流了行热泪。都过去这么多年了，早已熟稔的剧情，连台词几乎都能背诵下来，我着实被自己的反应震慑到了。转头拿起床头柜上屏幕已然晦暗了的旧手机，我给小白发了条信息。我定然是没有像柯景腾喜欢沈佳宜那样喜欢过小白,但她确实是我迄今为止惨淡无味的大学生涯里好感最多的那个人。青春里上演的断断续续的故事,真的很莫名其妙,也许是自己不成熟不懂爱情,也许是害怕担责任不舍自由,也许是不够喜欢……总之我们败给了远走的青春。但幸好,如今山水相隔的我们还能彼此祝福。

独处的时光会融化平素里硬撑起来的坚强,在德国我清晰地意识到自己没有外表看起来那样坚强,遇到难题的时候喜欢翻旧物,像在构建一处拥有同样气味的舒适圈。人之所以怀旧,是因为当下没有想象中活得那么丰盛,舒适圈是用来自我疗伤的,伤愈后再抬脚跨出,有了停顿的概念,下一次才不会走得那么踉跄。重温《那些年,我们一起追的女孩》,重温《花儿与少年》时,我多希望处于困境迷茫中的自己能想起曾经的那名少年,找回当年气盛的初衷,让自己慢慢地再次热血起来。

来自语言沟通的压力,专业课程的压力,找实习论文的压力,自己给自己施加的压力……这一切占领了我的生活空间,我没有因为来到德国而过分惊喜,也没有因为这些压力而一蹶不振,不过,还是在夜深人静时分,能拥有执笔写作的辰光最舒服。写作在本质上是一种当为享受的自我救赎,救赎于这纷繁历劫的人世间。

（5）

　　德国大学里设置的课程主要分为两种：Vorlesung 和 Seminar。前者的授课场景和国内没有太大区别，即学生们坐在大教室里听教授讲课。德国有一点做得比较好的是教授会带着机械实物前来上课，比如内燃机课上，内燃机里的各种小零件老师都会带到课堂上来，给底下坐着的同学们一一传看，相比于国内更注重书本上理论知识的传授。德国课堂里有实物供学生进行结构观察和功能验证，这一点对于接受方而言着实直观有效得多。

　　另一点让我感慨颇深的是教授很喜欢在 Vorlesung 授课过程中提问题，学生们也不用站起来，举手示意后自由回答就好。这样的大学课堂氛围比较轻松有活力，在国内并不多见，国内多为教授一节课对着 PPT 从头讲到尾，大学生们忍不了倦倦困意便寻梦周公去了。

　　都说我们中国学生计算很厉害，我本不以为然，更何况自高中依赖上计算机后即便两位数加减法我也习惯性地放弃心算，工具提升了效率，也助长了惰性，它是一块精美的橡皮擦，在擦灭以往好不容易书写下的序章，想来也觉得遗憾了。然而有一堂内燃机课上教授讲解某种情况下的熵计算需要用到数学微积分，我们几个中国学生用国内高等数学课上所学的公式一分钟就解完了，教授硬是一步一步带着我们推算了整整一堂课。放眼整个教室，德国同学们都在一丝不苟地记笔记，留下不绝于耳的写字"唰唰"声，那堂课的近半小时里我们几个中国人溜走也不是，不走也不是，大眼瞪小眼，遂心安理得地趴着闭目养神了。

　　相比于 Vorlesung, Seminar 的课堂会更为有趣，这是一种以小组学习为主的研讨课。由于小组学习学生就那么几位，整堂课上每位同学几乎都在和老师进行实时互动。

　　在德国的学习和生活从最初的慌乱逐渐步入了正轨，当习惯了教授的上课节奏和风格后，最大的压力便只剩下找实习了。自十月以来，我陆陆续续在各大求职网站上投递了十几份简历，周围的很多同学都是广撒网,满德国地找,基数多了自然能得到面试的机会也会增多。不过我坚定地选择只投递 Ingolstadt 及周边小镇的实习岗位,原因是不想因为要去别的城市而搬家、看房、租房、签合同……这些流程得重新来过,琐碎而漫长。

　　人生中的第一封求职拒绝信,来自戴姆勒,邮件写得很委婉,但也改变不了它是一封拒绝信的事实,明知这是再正常不过的了,学长学姐曾言收到几十上百封拒绝信是德国留学生的常态,可我心里依然不是滋味。十一月的德国进入了漫长的雪季,纷纷扬扬的降雪如同开着的水龙头止不住似的,一晚上足以积得很厚实,WG 往日我们抽烟的阳台上铺满了洁白的一层,烤架、衣架被雪花裹挟着只能看出个大概的轮廓,屋檐挂着一排晶莹剔透的冰凌时不时沁出一滴滴水珠,雪后的德国像极了故事书里的童话。能冲淡这份阴霾的是这几天我终于收到了德国 DAAD 奖学金的汇款,对于瘦薄的账户上一下子多出了 4000 欧元巨款,有种一夜暴富的感觉,我决定邀请伙伴们去老城中心的中餐厅下馆子吃一顿自助。

　　整个 Ingolstadt 城区有三家口碑不错的中餐厅,每当想念乡味的时候我和木木他们便会前往开怀地大快朵颐,人均 15 欧元的自助餐足够一饱口福,告慰馋虫,谁让我们都有个中国胃呢。最常光顾的中餐厅是位于老城区最中央的一家皇朝酒店,离家步行前往只需 5 分钟,以至于我们和老板伙计都成了朋友;另一家是位于火车站附近的川菜馆,是我在德国品尝到的为数不多的口味正宗地道的川菜馆子了;还有一家位于 WestPark 附近的馆子,规模最大,食物种类最多,但是离老城区也最远,唯有每次恰好去 WestPark 商圈购物时才会顺道吃上一顿。

　　中餐厅和亚洲超市对于每个华人来说是海外生活不可或缺的一部分,它们很大程度上是一种维系故土的媒介,小小厨房里是四方烟火,人类对一片土地怀有热爱,食物和口味功不可没。而今国人的步履已然如同燎原的星火遍布全球,在每座城市的街头巷尾,总能找到熟悉的文字和味道,听到熟悉的乡音,遇见在这一隅正努力生活的祖国同胞。

　　每个在海外经营餐厅的人无不精通当地语言,有胆识能吃苦,有能力更有过人的行动力,即使端茶递水的服务生,他们的口语亦是流利地道。你会发现,这个世界上每个人为了生存都拼尽了全力。人间疾苦真的繁若星河,每个人眼下似乎跨不过去的坎不过是无尽天幕里最晦暗不

明的一片了。每个人都在忙着生存,使尽浑身解数与生命版图里的某一块模具契合,然而每个人的悲欢并不相通。

我和皇朝酒店的服务生关系很好,他叫珂南,这名来自浙江丽水的小伙子在 Ingolstadt 一待便是五年,和我差不多年纪却已然在异国他乡摸爬滚打了如此之久。他当初选择跟着亲戚远涉重洋,虽然没有学历只是从帮着打杂开始,可如今这样能在异国他乡独自生存,生活得有声有色,我说我挺羡慕他的,他说他羡慕我。

小时候我会有一种优越感,这种优越感来自和村里其他小家庭的对比。他们似乎大多是农民,依靠面朝黄土背朝天地耕种,卖农作物拮据地生活。我家的生活方式向来同样节俭朴素,但父母都是老师有稳定的工作岗位,从事着村里人羡慕的职业,有着村里人羡慕的固定收入。村里所有的孩子基本上都是父母的学生,或者寒暑假来我家里补过习。逢年过节前来送礼的邻居有不少,小时候的中秋节,一盒盒月饼就像叠罗汉似的堆在了储物柜里,我们几张嘴即便每顿连着吃也消化不了;到了腊月年关的时候,总有家长捎过来一两只自己院落里圈养的家禽,现在来看这些家禽真的是珍贵的稀缺货了。

等我稍微长大些后,家的概念变广了,不局限于我们三口,也加上爷爷奶奶,外公外婆以及一些旁系分支。这个"大家庭"的总体文化程度要比村里的其他家庭高出不少,我们往来走动间也从来没有因为利益产生过些许鸡毛蒜皮的纠纷。村头巷尾张家长李家短的那些事儿听得够多了,比如某个长辈得了重病,兄弟姊妹把照顾老人的任务交给老大便撒手不管了;或者关于长辈的遗产争破脸儿,手足至亲走向六亲不认。

"和睦"这个词用来形容我的大家庭最是恰当不过了。

我作为家里年纪最小的,成绩也是最好的,那会儿会沾沾自喜于自个儿的争气。上了高中后渐渐意识到自己的眼界不亚于井底之蛙,而我背后的这个不断被我汲取优越感的大家庭事实上也再普通不过了。当去年院子里支起了蓝色的棚子,我不甘于沉溺在那无济于事的震惊里,最终却唯能仰望浩瀚的天际波澜不惊地承认:原来红白事也会在我家上演。我的落寞不仅来自老人驾鹤西去的阒静悲凉,也来自一个心高气傲的小孩对于成人世界的无力妥协,自认为优越的我最终也改变不了什么。

命运的轨迹诚然千千万,永远莫测,然而前一步的脚印既是后一步的引导,也是后一步的归属,我和珂南互相羡慕的不过是全然不同的另一种人生,是我们很难在前路印痕的基础上,迈出的其他可能性。未知的东西,都是娇艳的玫瑰,看到的是满眼芳华,看不到的是茎上刺棘。人生有限而欲望无穷,命运千万而命途唯一,这多么讽刺。

往事经年,岁月成空,我回过头来去瞻仰已走过的这些或深或浅的印痕,然后决绝地迈出下一步,像是在雾霭朦胧间摸着石头过河,却又一边安慰一边鼓劲。

有一天醒来,邮箱里赫然躺着一封标题喜人的未读邮件,这是我人生中第一封职场面试通知,邮件里写道面试过程中会有一个 3D 建模测试,于是我有诸多事宜需要提前做准备——搜集资料了解应聘公司,强化软件操作并熟悉德文版界面,打印简历及所需证书,查询路线,等等。对于职场面试毫无经验的我只能以所想到的逻辑和步骤边悉心准备,边惴惴不安地等待面试的到来。

应聘公司位于 Ingolstadt 旁边的一座小镇,坐火车二十分钟即可抵达。关于 DB（德国铁路）很多乘客或多或少都诟病过,欧洲人是个极其随性的民族,他们的工会拥有极大的权利,时不时就会组织工人罢工,造成火车取消或者延误。不过正常情况下,火车还是非常准时的,到站的时间精确到每一分钟。德国火车站没有安检也没有检票员,我第一次乘坐 DB 的时候提了半小时到达,想着得需要琢磨如何买票,研究如何过安检,如何找到相应月台,没承想从机器上买票到上月台只花了五分钟,剩下的时间唯有在风中苦涩而孤寂地等待了。德国的火车站设有检票机,检不检票全凭乘客自觉,这就催生出了不少逃票的乘客,故而当地政府组织了一批流动查票员,他们上下于不同站点随机抽查,倘若乘客被他们查到逃票或者未检票则会面临高达 60 欧的罚款。

第一次套上笔挺的西装,系上领带,将头发梳成大人模样,我上了这趟去往隔壁小镇的列车,然而这趟面试并不顺利,自我感觉亦是表现欠佳。但至少这一趟为自己积累了宝贵的面试经验,看着火车窗外倏忽而过的风景,我坚信自己所走的每一步都有它的意义,毫厘跬步都算数。

⊙┄┄┄┄ (6)

有一年国内上映了一部公路喜剧片《心花路放》,云南起伏绵延的山丘和油菜花田下的洱海像极了电脑桌面上华美的壁纸。坐在影院观影的时候我整个人沉浸于那世外桃源般的湖光山色中去了,景致之奇绝若非至此,就配不上云南两字了吧。往昔在"彩云支南"支教群里每当有志愿者老师分享郝云的《去大理》时,我没法摒弃浮躁的心绪,安静地代入己身去体味那些被文艺青年们捧上神坛的强烈情愫;可我现在踽踽独坐在图书馆听着耳机里播放的这首歌时,鼻翼微颤,感觉到一阵浅浅的酸涩。外边竟下起了瓢泼大雨,这让本就阴寒的德国冬天更加冷冽。我盯着倾覆于图书馆巨大落地窗的雨帘,思绪飘向远方,飘向中国,也飘向了同济,飘向了大理。

我好想念其他志愿者老师们,这如注的雨帘能否飞渡我无言的孤寂。

"和你们去大理的那个寒假是 2015 年我最珍贵的回忆,不求时光倒回,只求拥抱回忆的时候,你我都能展颜欢笑。不开心的时候,这一支支教队能永远是我们可以栖息停留的港湾。希望我们能去更远的远方,一起潇洒我们的青春。"

在图书馆静坐了一下午,晚上七点多的时候我抬起疲惫的眼眸,发现白天座无虚席的图书馆已然空荡荡的,窗外很黑,唯有路灯下飞扬的雨丝闪着律动的光。我合上书本,从书包里取出中午在主街书店里购买的明信片,在每一张上认真地写下这段话,我要把它们寄回国。

我骨子里应该也算是名文艺青年,但这还是我第一次来到一个陌生的远方,选择以明信片的方式给远方寄去思念。今夕何夕,人面桃花,当初一起去大理巍山县的小村落里备过课、调过研、挤过房间和抢过厕所的伙伴们,我很想念他们。

此刻万籁俱寂的夜晚,耳机里单曲循环着这首郝云的歌,我给他们一张张地写着,突然很享受这样的时光,我觉得自己身上是发着光的,这幅画面里的我也一定是美好的。一直写到手中的黑色水笔断了墨,手腕酸疼,我才伸了个畅快的懒腰,捧起旁边的电脑,打开旧相片,痴痴地笑一会儿。

　　　　"是不是对生活不太满意,
　　　　很久没有笑过又不知为何,
　　　　既然不快乐又不喜欢这里,
　　　　不如一路向西去大理。
　　　　路程有点波折空气有点稀薄,
　　　　景色越辽阔心里越寂寞,
　　　　不知道谁在何处等待,
　　　　不知道后来的后来。
　　　　谁的头顶上没有灰尘,
　　　　谁的肩上没有过齿痕,
　　　　也许爱情就在洱海边等着,
　　　　也许故事正在发生着。"

　　这歌词多么写实,又是多么凄美。三毛曾经写道:"在一个个漫漫长夜,思念像千万只蚂蚁一样啃噬着我的身体。"回想起在德国的第一个中秋节,这个在国内本不习惯大张旗鼓庆祝的日子到了千万里外的欧洲,却显得如花儿般珍贵。那个白天我们满城市地找寻售卖月饼的店铺,最终在离老城区二十公里外的亚洲超市找到了一种砂糖橘般大小的豆沙馅月饼,也只剩下最后一枚。那位鼻翼上架着厚重镜片的越南女老板瞥了我们一眼,带着浓重的口音说售价五欧元一枚。

　　这一天我们学校的华人相约一起到火车站附近的川菜馆聚餐,像切精致蛋糕似的硬是将那枚砂糖橘般大小的月饼切成了八份,小心翼翼地一手托着,一手将其送入口中细细咀嚼,仿佛遗落任何一粒碎屑都是原罪。走出餐厅的时候,一轮明月高挂在树枝上头,所有人掏出了手机记录下这一时刻,拍完后长时间呆呆地凝望着,虽然身处不同的空间,但好在还能共享同一轮明月,"千里共婵娟"原来写的是这样的心境。而那句熟谙于心的诗词"每逢佳节倍思亲"也终能被深刻地体会。

　　时光爬到了羊年进度条的最后一格,十二月的白昼变得更短了,主街上已经洋溢起了很浓厚的圣诞节日气息,市政厅门前竖起了一棵高高的圣诞树,工人师傅站在高高的云梯上,将绿色松针状的装饰从街道的左侧一直连到右侧,到了夜晚彩灯亮起,Ingolstadt 的老城区更像一则童话了。

我从图书馆走出来,看到地上摆满了圣诞蜡烛,转念一想原来今天是第一个 Advent。Advent 是自圣诞节前四周的周日起,至圣诞节为止的一段时期,那四个周日分别是第一、第二、第三、第四个 Advent,家家户户会在那几天点燃被松针花环围绕在中央的蜡烛。广场上德国人在搭建圣诞集市和巨型溜冰场,我却回到 WG 窝在床上把近几年的春晚快速捋了一遍,最想看的并非节目本身,而是晚会前及晚会中间穿插着的采访视频:那些有家难回的游子,辛苦了一年的外出务工者,或者春运大潮里迁徙的小人物,我此刻不就和他们很像吗?那些刻意慢镜头的画面能催生出情感上的强烈共鸣,Agi,Janne 和 Marie 都已经在订圣诞回国的机票,往返只需一两百欧元,他们在客厅里聊着各自几号的航班,欧盟邻国之间的穿梭着实方便,可是我难道就不想回国吗?真到了圣诞假期,整个 WG 里也就只剩下亚洲和南美的留学生了。

伴随李谷一老师《难忘今宵》歌声的休止,我合上了底板发烫的笔记本电脑,盯着眼前的白墙发呆。自从微信抢红包的功能上线以来,我便没再静下心来品鉴过春晚了,只把节目当背景音乐,边游走于各式群组里疯也似的抢红包,边瞥一眼节目说服自己并没有错过任何精彩。有一年的春晚,伴随着《时间都去哪了》悠扬的旋律,电视屏幕上播放着一对父子从小到大每一年的合照,父亲看了我一眼说:"这个纪念意义真的很好。"我低着头用微不可闻的声音"嗯"了一声,似是无暇作答,在漫长岁月麻木的温润下,不知有多少满怀希冀的目光被我们这样蹉跎。

视频下方的评论区满是久违的汉字,一句句全是身处海外无法回国团圆的游子最赤诚的祝福,那些个汉字是那样亲切,组成一串串动人的感怀和慨叹,浏览这些评论让我热血沸腾。

我恨不得马上订张机票回国,回到那个熟悉温暖的舒适区。下学期的实习和论文我能搞得定吗?我想在我沉溺于消极状态的此刻叫上好兄弟一起下馆子吃夜宵,KTV 里面声嘶力竭地吼两声;我想回到学习生涯中的那些个母校,探望许久未见的恩师们,和他们闲坐着聊上很久很久;我想到菜场上采购好多新鲜的食材给家人做上一顿可口的饭菜;我想把在"黑色星期五"那天商场打折时抢购的奢侈品一一送到亲友的手上;我想看看还在上中学的表弟每天晚上是否一如我从前那般挑灯夜战;我想走进父母亲的课堂安安静静地听他们上一堂课。

什么事情都自己摸黑探索的我,感觉身心疲惫,力倦神疲,似乎还处处碰壁。

　　我有些想念家乡的小岛了。某种程度上我辈是小岛培养出的骄子，可是放眼高中同窗，放眼考出去的同龄人，很少有人想过会留在岛上继续生根。为什么我们不倾向于留下来建设这片家园呢？大学以前的所有梦想都是围绕逃离小岛展开的，可又很奇怪的，当我们在外边受了伤感到无助的时候，想起的往往又是这个地方。我突然佩服起小岛这不求回报的包容来了。

　　留学德国的日常生活里，我把自己的表面捯饬得光鲜，朋友圈里的生活甚至光鲜得带有一丝虚幻，游艇香车，歌舞升平。可这样的粉饰值当吗？扪心自问我还在找寻初见时的那一种优越感吗？现在的我明明如同镁光灯下一具被扒光衣服的躯体，灯光刺眼得一如利刃，将一寸寸肌肤削得生疼，我找遮羞布还来不及。求学路并不好走，我不是高中时代里的理科尖子生，却依然选择了读工科；还是跨越半个地球来德国学工科，用一门刚接触不久的小语种。

　　为何要这样挑战甚至折磨自己呢？我诘问己身。按部就班地在国内读完大四找一份简简单单的工作不好吗？我一个人在国外坚持的孤寂时光里，国内的家人朋友也会想念我吗？在我强忍着满腹的负面情绪不发动态的煎熬时光里，他们会想念我吗？小时候背诵《回乡偶书》时我们无法体会贺知章的彷徨，现在好像有些懂了，那大概是一种历经了人生百转千回后反而找不到根在哪儿的彷徨。

　　这真的像一场修行。

　　不能回头了，回不了头了。

　　大四这个关卡，比高考要难得多。

（7）

漫天飞雪的十二月，圣诞节如约而至，铺垫了一个多月的节日气氛终于在欧洲迎来了最高潮，WG里的室友们不是回国了就是出门旅行去了。剩下几个中国人看着日渐空荡的屋子，心里头很不是滋味，我们不喜欢整日整夜没来由无休止的喝酒派对，可一下子没了人气则像是走向了另一个极端。我端着杯咖啡走到了客厅墙壁上贴着的欧洲地图旁边，德国的上方便是丹麦、芬兰、瑞典和挪威这四个北欧国家了，我扭过头看了看沙发上躺着的木木他们："你们想去看极光吗？"随即哥四个买了第二天飞往斯德哥尔摩的机票，学生时代里总要有一次这样没来由的冲动，来一趟说走就走的疯狂旅行。这一趟，从德国南部的巴伐利亚州去往北极圈里的基律纳，从一个物价不菲的国家飞到物价更昂贵的北欧，兹游奇绝冠平生，我看到的是有生以来最美的自然风光，之后又经历了一次德式很地道的跨年。

这是我们很美的年华，也同样是我们很残忍的年华，越近尾声越残忍。姑姑发信息给我说："珍惜上天给你安排的一切。"我坐在多特蒙德的机场洋洋洒洒地写下这些不像游记的文字，等待回慕尼黑的航班，也是从这次旅行起，我开始把远游写进本子里。

斯德哥尔摩是瑞典首都，这个拥有"北欧威尼斯"之称的城市，也是教科书里诺贝尔出生的地方。我抵达的前不久，我国著名药学家屠呦呦刚刚踏临这里领回了一份至高的荣誉，让这颗北欧之星越来越为国人所知。斯德哥尔摩是由很多岛屿组成的，十二月份的北欧只拥有5—6小时的白天，海风很疾，起伏的波浪不断冲刷堤岸，试图要爬上来似的，将观光步道打得很湿。让我十分意外的是，这座城市拥有的亚洲饭馆非常密集，除中餐外还有日料、泰国菜、韩餐……只不过价格和德国相比几乎翻了一倍。下午在城中心的青年旅舍 check in 以后天色已经变暗，我们哥几个顶着冽冽寒风出门闲逛，路上邂逅了非常多的亚洲面孔。一如属于北欧气质的那份简约，城市没有很华丽的夜景，但星星点点的灯光和潺潺的流水声让人心下澄明。

如果有幸来到这座城市，可不能错过斯德哥尔摩的地铁站，艺术家们用五彩的画笔将站台描绘得美轮美奂,每一站都有独一无二的主题和色彩,如同置身于凡·高的星空世界,绚美斑斓。地铁连接起这座城市庞大的地下脉络,让 A、B、C 各区之间的交通变得十分便利。B 区的皇后岛宫是约翰三世国王送给皇后的礼物,自 1576 年开建以后便成了历代皇后的居所,湖泊两旁是文艺复兴时期风格的雕塑,修葺整洁的皇家花园里不时有架着枪支的士兵巡逻,这整个环境与氛围宁静致远,带有很强的北欧色彩。

斯德哥尔摩另外一处盛名的景点是 Vasa 沉船博物馆,位于动物园岛上。和泰坦尼克号的悲剧一样,1628 年的夏天这艘巨大木质轮船在它的处女航中沉没,在海底沉睡了 333 年后才得以重见天日,船体及旧物被很好地保存了下来。打捞上来的好几具完整的骨骸让人们联想到很多:奋斗和享乐,年轻和衰老,天与地,生与死。人类似乎唯有在这样短暂的契机里学会停驻,才得以很自然地去窥探生命的意义,仰望沉寂的旧世从而展开对当下生命的诘问。我们的脚下就像缠有一条既定的履带,被套上了镣铐似的,这余下的麻木不仁的生活轨迹里,我们是不是可怜地弄丢了初衷。

除了 Vasa 沉船外,动物园岛上还坐落着诸多壮观的建筑譬如北欧博物馆,其外形酷似"霍格沃茨"魔法学校,满足络绎不绝的游客们对古堡的一切幻想。北欧的建筑大多是轴对称的,大到国会、国家博物馆,小到音乐厅、街边酒店。城市的最中心有一处鸟类的栖息地,这里竟常年生活着二十八种不同的鸟类,很难想象在繁华拥挤的钢筋丛林里大自然能与其融合得如此完美。在国内的城市里我从未见过这样违和而美好的景象,或许这才是世界该有的模样,才是生态城市的最好注脚。

说到这座城市,不得不提的就是诺贝尔这个人。因为时间关系我们并未走进诺贝尔博物馆,然而还是有幸造访了市政厅。市政厅里最大的空间名为蓝厅,拥有九十多年的历史了,是诺贝尔奖颁完后科学家们用餐宴会的地方。从蓝厅拾级而上到了二楼则是金厅,这个耗费 2800 多万块马赛克拼成的金碧辉煌的大厅,是科学家们用餐完毕后举行舞会的场所。这强烈的视觉冲击带给我的感觉只剩惊叹,不仅惊叹于这个地方是每个对科学敬畏的你我所崇拜的文明殿堂,也惊叹于它无与伦比的艺术价值。

圣诞季造访北欧我们最想领略的是极光胜景,这一抹翩跹的绿色缔造了极地最浪漫的神奇。学生时代囊中羞涩,我们的口袋里没几个钱,却能整日笑得像个傻瓜，常常为了省下昂贵的机票，花上一整夜的时间去搭乘火车。从斯德哥尔摩去往瑞典最北部城市基律纳，由南往北火车要走上十几个小时。巧合的是，与我同一间硬卧厢号的是一群来自中科院金属所，如今在德国科隆读博士的前辈们。随着旅程的不断行进我们后来才意识到彼此的行程几乎一致，这是一趟未知旅行最大的魅力之一，就像《阿甘正传》里那一盒未知的巧克力，这让原本按部就班的日子变得有盼头。

同车厢的前辈们和我闲聊几句后，先感叹了一番年轻真好，本科时代真好，一如我总时不时去怀念早已酿出蜜意的中学时代。几轮寒暄稍稍熟悉些后，有人开始安利我科研的世界多么美妙，讲一些在德国研究所里日常碰到的学术现象，比如怎么跟德国学生解释保温杯也能保冷，说到小时候村头巷尾叫卖的冰棍车，自行车后拖着一个大大的冰柜，我回了句"盖条大棉被那种"，其中的楠姐惊奇地看着我说："哇，咱没有代沟啊！"或者他们在某个晦暗的实验室里埋头研究某个实验，做拉曼，什么稳态非稳态，虽然我不知其所云，然而从那些舌灿如花的故事里我分明看到的是前辈们对所从事的领域之热爱。这份热爱会引领这群杰出的精英走向更广阔的未知世界，他们很了不起。也让我深切地明白，所处不同的环境果真能决定自己的圈子和视野，与其说你有一群优秀的朋友，不如先肯定你自己的优秀。

忙碌的科研生活以外，前辈们也喜欢打牌打麻将来丰盈枯燥的留学生活，消磨漫长的旅途时光。楠姐让我加入他们一起打升级，嘴上也没闲着，讲他们研究所里的八卦和奇葩事，谁和谁好上了，谁又被谁甩了，或者谁被戴上绿帽子了。然后突然转过头来认真地询问我有没有谈恋爱。他们11个博士和博士后，成了一对，剩下9个单身，我反问他们着不着急。他们说，这一路靠双手和脊背披荆斩棘的学生时代早已经磨炼了满身茧子，独立惯了，对处对象这事已然没了所谓。他们似乎并不喜欢我这个问题，虽然澄澈的眸光里未见落寞，我却能品出一丝无奈。

每每华人聚在一起也总会聊到不同国家的制度，教育资源和社会福利的优劣，唯有真正亲历过不同的社会现状才有了些许资格去评头论足，茶余饭后认真地将其作为一种有现实意义的谈资。火车窗外的夜色深浓如酒，漆黑得只能辨明飞驰而过的枝丫，这一晚我们聊得很畅快，楠姐他们对我也非常照顾，像照顾自家弟弟一样。

第二天醒来，窗外已经一片雪白，目之所及的世界全然覆盖着一层厚重的白色，像一床光洁的蚕丝被褥蔓延向无尽远方，不带一丝一毫褶痕，瑞典最北部城市基律纳到了。告别了楠姐后，我收拾了行囊把自己裹成了个粽子，走下火车的台阶，重重地踩上软软的月台，踏雪当真是件雅事，只不过那零下二三十度的寒风刮在裸露的皮肤上，常色冻成通红。抬头一看天边是两抹如梦似幻的贝母云，泛着七彩如同一种神迹，那是平流层的空气中存在冰晶等微小粒子，衍射所致。月台上的瑞典大叔见我们举起相机，便站在一旁笑着说这现象比极光更罕见。我和其他车厢的伙伴们汇合后一起找到了接车的领队，随即惊喜地发现楠姐他们一行和我们竟报了同一个极光观测旅行团。

你无法想象一个南方人见到雪后的放肆姿态，基律纳的雪比德国还要厚重得多，火车站边上的停车场里不少游客迫不及待地打起了雪仗。我深吸了一口能将我的鼻腔冻出冰碴子的干净空气，噢，原来零下30℃竟是这样一种体感。小车从市区沿着或深或浅的车辙印渐渐驶往远离光污染的郊外，最终进入茫茫雪原，小车再也没法往前行进了。领队给我们每人发了一套抗寒装备，厚重的直达脚脖子的绿色军大衣以及一双防潮的大靴子，转而一起坐上了三辆雪橇车，继续深入前方未知的雪原。冽冽的北国将寒霜覆上了我的眉眼和睫毛，眨着眼用以湿润眼眶，可这速度没赶上被风干的速度，眼睛干涩得生疼。东方的朝霞将半壁天空映照出华丽的色彩，太阳一如同样惧怕这北国的严寒躲在那一隅远远地散发几缕绯红，世界安静得只剩下雪橇车发动机的隆隆声响，又不断被雪原稀释，最后竟只剩下自己层层衣物包裹下微弱的心脏跳动声了。

雪橇车带着我们辗转来到一片湍急的河流，领队说，其实我们这一路走来都是在湖面上，只不过湖水结了几十厘米的坚冰又覆盖上了厚厚的雪，我们以为在陆地上罢了，而眼前的河水之所以未能结冰是因为它太过于湍急，营地便在河对岸的一处高地上，掩映在成片的枯枝败桠深处。这确实是个远离城市的世外桃源，需要自己劈柴生火，自己打水求生，自己用发电机发电，也没有网络和卫生间。领队的小儿子叫 Ivan，为我们递来了刚烫过的一壶热红酒，鲜艳的颜色在这一片白色世界里显得突兀，他打趣道："来尝尝麋鹿血，有助于暖身子。"

"麋鹿血？"

"对啊，这是我们萨米族人的饮料。"

在营地的两天我们这寥寥十来个人置身于北极圈内 140 公里处，离北极只有 200 公里,这种感觉就好像世界打了烊,地球都被我们承包了似的,任谁都休想找到我们,周遭静灭无声,深厚的白雪过滤掉了一切属于纷繁现世的嘈杂和烦嚣,抬头仰望的时候,只有很近的星空和一颗颗倏忽而过的流星。

营地里有一所桑拿小屋,利用燃烧桦木把水加热,水蒸气通过金属管把温暖传输到整个小房间,我们从 50 度的桑拿屋里尖叫着跑出来,赤裸着在雪地里翻滚一圈,一边鬼嚎一边大笑,状若疯狂,开心肆意,如同这一幼稚的壮举能把过去几十年的忧伤和倦意全部遗弃似的,几十秒后又哆嗦着身子从雪地里一跃而起躲回桑拿房继续汗蒸。

Ivan 为我们准备了瑞典当地的食物 :Kaka 饼,麋鹿肉汤,以及麋鹿肉做的香肠。这样的旅行体验对我而言是前所未有的,窥探不同地域不同民族的生活方式,像萨米族人一样烤着篝火烹制着手中的肉肠的时候,我想他们一定也有他们的尘嚣,而生命轨迹是有很强的惯性的,出于对置若罔闻的轨迹奋不顾身的一次次逃离或许是生命本能的自我救赎,这就和写作一样。

等待极光的过程无疑是漫长的,就像等待一场重要的仪式,Ivan 不断更新着软件上对于极光的预测信息,当午夜头顶上空出现那片绿色的时候整个营地的人都情不自禁地跳跃惊呼,博士后也好,本科生也罢,抱作一团像共同接受了神圣的洗礼一般,一下子把彼此的关系拉得紧密。这就是地理课本上让人憧憬了整个学生时代的极光,天为戏台,地为座席,座席上的小人如蜉蝣之于天地,造物主是来自神域的魔法师。

离开基律纳后,也到了年底接近元旦了,在 Maik 家跨年是我刚到德国那会儿就和他约定好了的。几年前,我和 Maik 偶然相识于同济大学的校园,作为一名能讲一口流利中文的外国人他在学校里很受欢迎,高高的个子打得一手好网球。Maik 和其他多数留学生不同,在同济的日子他过得很拮据,总是利用休息时间给中小学生上网球课补贴生活费,我和他一见如故,成了推心置腹的朋友。这天 Maik 开着他父亲的奔驰保姆车来机场接我,我仅孑然一人,连行李箱也没有,有必要开这么大的车吗? 我心想这要是在国内得多拉风。从机场到他所居住的鲁尔区,地貌由城市风光逐渐向郊外过渡,成片的田野映入眼帘,不知名的农作物长势健康。鲁尔区是德国曾经的工业区,并不繁华,所以 Maik 自小对大城市特别向往,对曾经待过的上海非常着迷。他跟我说:"有机会还要再回同济去念个研究生。"我说:"上海随时欢迎你回家。"

第十章　留德年华

Maik 家是欧美国家很典型的乡村别墅,绿色的百叶窗加上尖尖的房顶,有偌大的庭院,庭院里打造了几副秋千,养了条萨摩耶和一窝憨态可掬的兔子。院子里停着四辆车,一家四口,一人一辆,德国最引以为傲的除了啤酒香肠,当属汽车了。Maik 说,德国父母通常在孩子十八岁生日那天会送给他们一辆车作为成人礼物。不像国内,汽车对于普通家庭而言还是稀缺品,德国这边的代步车则便宜得多。Maik 的母亲 Sabina 准备了最典型的德国食物招待我,各式琳琅满目的香肠和面包果酱堆满了长长的餐桌,一大堆新的食物名词让我的记忆力有些招架不住。这些从未品尝过的面包味道好极了,当下我只觉得前几个月在 Ingolstadt 白活了,可转念一想又马上释然了,毕竟我在 Ingolstadt 买的食物可都是同类型里面最便宜的了。

德国人的厨房很强大,各式餐具一应俱全,就连喝酒的器皿都在桌上摆了好几种:喝啤酒得用白兰地杯,喝红酒用的是勃垦第杯,而喝香槟则需要搭配更细长的高脚杯……讲究得就像金庸先生笔下的祖千秋似的。同样功能强大的还有地下室,通常是男生做手工活的小作坊,大大小小的五金件陈列着,整齐到如同一家商店。

12 月 31 日这天中午,Sabina 特意煮了米饭和一锅很符合中国胃的 Eintopf(大杂烩)。这大白米还不是德国超市里的泰国长米,而是亚超才能买到的中国椭圆米,我和 Maik 下楼来到餐桌前,看着这有模有样的中餐内心充满了感激,随即我不由自主地给了 Sabina 一个熊抱,把这位瘦削的中年妇女乐得够呛。真的有好长一阵子没吃上香喷喷的白米饭了。这些小幸运和小惊喜在不经意间勾勒成了幸福的轮廓,你会不由自主地被触动,人与人之间能用心相待是多么大的一种福祉啊,潮起潮落,花开花谢,所有偶然的相遇和相处当真是生命剧本中最引人入胜的一个章节。

鲁尔区的乡下和崇明岛很像,目之所及是很空旷的田野,阡陌交错,果味蔬食,不同的是这边还有未经人为开垦过的野林子,天高云淡,葱茏繁盛。Maik 说这片森林是他的秘密花园,成长的过程中他经常来此徒步散心,找回迷失的自己。听了他的叙述后,我短暂地沉默了,这不正像我记忆里的那处十字路口吗?原来我们都有自己心中的原点,无论生长于哪个国度。

在这古老的森林里我们迎面邂逅了不少遛狗的德国人,还有人穿着得体的马靴牵着高头大马,这画面像极了电影里的场景。"这么好的自然环境,你竟然会想逃离去大城市。"我对着 Maik 脱口而出,说完以后我便如同触了电般,为自己的这一念头怔在原地,脑海里飞速地闪过:自己不也曾一心想要逃离小岛吗?

"你这么了?"Maik 见我傻愣着问道,"就是因为过腻了这样的乡村生活呗,你们上海多好啊!"

我沉默了半晌:"没什么,你说得对。一个人要是可以在任何时刻随意主宰自己待在哪儿就好了。"

人们往往喜新厌旧,看来可能不仅仅只是伴侣,也有可能是某一个地方,某种一成不变的生活方式,麻木不仁是生活的致命陷阱,这远比生活的本来面目还要恐怖。

晚上 Maik 邀请了他的其他朋友一起来家里跨年,这顿年夜饭特别简单却丰盛:满桌的生肉,蔬菜,果酱以及奶酪。每个人的餐具里配有一个长得像簸箕似的铁板,把想吃的食物堆进这个铁板里,盖上一层奶酪,随后置入烧烤架的夹层中间烤制,桌上燃着的烛光将氛围感拉满,一年行将结束。

在接近午夜的时候,德国人有一个传统,需要观看一部二十分钟左右的黑白情景喜剧,片名叫作《Dinner for one》。每年都是如此,就像我们中国人蹲着春晚一样,即使看了这么多年 Maik 还是对着电视机捧腹大笑,倒计时跨年的那一瞬间,Sabina 开了一瓶香槟,细长的高脚杯里弥漫出诱人的酒香。

Maik 迫不及待把我们赶出家门一起去庭院里放烟火。我那天看着漫天的灿烂,村落里几乎家家户户都在燃放,有种实实在在身处中国过春节的感觉,看来跨年夜之于全世界都是相同的,值得被人类赋予独特意义的仪式感。我们又长大一岁,今年我即将大学毕业,要和学生时代告别了。绝美的烟火转瞬消逝,却留下过刹那芳华。而我这同样即逝的学生时代,又留下过些什么呢?

静谧的凌晨时分,德国的孩子们还会玩一个类似算卦的游戏,来测算来年的运气,这个游戏叫作 Bleigiessen:在汤勺里摆放上一小块铅,再把汤勺置于蜡烛上燃烧直至铅块融化成为液体,孩子们此时立马将其倒进冷水中,铅会迅速冷却凝结,凝结而成的不同形状含有不同的寓意。我的那块铅凝结出了一个惟妙惟肖的心脏模样。Maik 照着说明书查阅解读,"哇,恭喜你! 心脏寓意'好运健康和满足'。"Maik 兴奋地对我说。

　　那天晚上我和 Maik 聊了很久的天,第二天我就要回巴伐利亚州了,似乎彼此都有不舍的情绪。我很久没有体验到如这般家庭的温暖了,在他家小住的这两天,我看到他们一起装修房子,一起准备晚宴食物,一起对着体育节目激动地呐喊,亲子间相处得格外自在,就跟朋友一样,就好像他们的兴趣爱好和关注点都出奇一致似的,温馨的画面定格在每一帧流淌着的亲子时光里。

　　在我出发离开前,Maik 小心翼翼地拿出了一张上海地图,我给他指出一些他还没去过的地标,以及我家在哪。他用红笔画了个圈,在崇明岛中部标上 :小包的家,随后对着我露出了灿烂的微笑。

（8）

年少时有人问我："你的梦想是什么？"

我回答了一个相较于所学专业而言非常文艺的答案，我说我想开一家青年旅社。

相比于同窗们一心想进世界 500 强赚大钱的雄心壮志，我的梦想似乎显得很不务正业。若以薪水数目的高低来衡量梦想，这多少肤浅了，梦想何以分贵贱，可我也不得不承认若是企图用一个文艺答案掩盖对高薪的欲望，这同样很肤浅。如果青年旅舍的收入维持不了我的生计，它还会是我的梦想吗？我还会笃定地坚持它吗？我的答案更像是一种逃避。即将毕业走完学生时代的最后一程，我们都在为自己人生的下一步焦虑不堪，毕业后就要想办法养活自己了。我害怕依靠所学的专业过不上想过的生活，所以我试图逃避它，我试图用一个披着文艺外衣的青旅梦去逃避它，一如几个月前在光怪陆离的某一场派对散伙后，那个想方设法找寻遮羞布的自己。

最近小楠利用圣诞假期回了趟老家江西。待到重回德国后，他和我说他姐夫过年期间在武汉买了一套商品房，男方父母付了好几十万的首付，剩下天文数字般的贷款，夫妻二人需偿还二十五年。他说他知晓这事后顺带便去了解了一下国内房市情况，突然感觉到了如山的压力。他说靠自己家庭的经济实力很难买得起房，很难娶媳妇儿，问我该怎么办。

怎么办？我又如何晓得呢？倘若知晓答案，我们这些毕业生便不会这样痛苦了。

大四的最后一个学期，距离步入社会临门一脚的时候，需要计划未来从事的行业、岗位，甚至在哪个国家定居、发展……每位应届毕业生似乎都突然之间长大了，聚在一起聊的话题离不开对未来的打算，就像那阳台上摇摇欲坠的灯光，晦暗不明，映衬着灰蒙蒙的阴天，将雨雪驳杂地揉在一块儿，很迷茫。

第十章　留德年华

时间打开腊月的门,故乡的老人们一年的守望便到了头。转眼我来德国快小半年了,思乡的情绪已经缓解了很多,紊乱的杂念太多,那便慢慢想吧,反正脚下的每一段路还得要一步一步地走,没有捷径。我终于在春节前夕顺利获得了 Continental Termic Ingolstadt 公司的实习录用通知,开始了朝九晚五的上班族生活。带教师傅名叫 Katherine,是位年轻的德国女生,公司上班的时间很弹性,每天早晚打卡以后,后台系统会自动记录你在公司待了多少小时,比规定工作时间多了多少,而当这个数字达到某一临界值则会清零,这增长的数字每天都在提醒你尽量不要加班,一旦加多了班就得去强制休假。

习惯了上班的节奏后,我的生活变得非常规律,通过 Katherine 我学到了很多新的建模技巧,制图软件使用得愈发顺手。下班后我经常会去多瑙河畔的草地上晒夕阳,或者找一家邻街的咖啡馆和朋友聊聊天,看广场上不惧人的鸽子悠闲地觅食,待到华灯初上的傍晚,则换上一身运动服,沿着多瑙河慢跑。虽然实习工资并没有很丰厚,却足够满足我的日常开销。现在回忆起来,这应当是我工作生涯里最舒服的一段时光,欧洲人那懒懒散散的节奏,悠闲的调子,他们将工作和生活区分得很开。内卷?那是不存在的事。

甚至 Katherine 时不时会组织部门团建,我们常常吃完中饭后整个部门就去多瑙河划皮划艇了,或者去 Volksfest(德国的民众节)的啤酒棚里喝扎啤,还别说,这位带教师傅的性子真的很合我的胃口。

公司里有三四位中国同事,他们已然在这座城市安了家,站稳了脚。在这样的场合看到亚洲面孔是非常有安全感的一件事情,我和他们在公司食堂里一块儿吃过几顿饭后便成了好朋友,坤哥、抒姐、丹哥来德国都已近十个年头。我打心眼里感谢他们,不仅仅因为作为前辈,他们给了我这晚辈不少中肯的人生建议,也因为通过他们,我认识了更多在这座城市努力打拼的华人,加入了更大的华人部落,让留学生活不那么寂寞孤苦了。

坤哥经常组局邀请我们去他家打扑克牌,他家坐落在多瑙河的另一侧,从我家走路过去约十分钟。我们常常一待便是一整天,玩累了一伙人就张罗着煮饺子吃,坤哥很擅长擀饺子皮,随便用一个啤酒瓶将面团往几个方向一推,擀出的面皮又薄又圆流水线一样传递给我们包馅,厨房里热闹得跟过年似的;抒姐怀了几个月的宝宝,虽然挺着个大肚子却还是时不时邀请我们去她家唱歌,她家在装修时特意装了台卡拉 OK 机器,每次她忘我投入地飙高音时我们都劝她消停点儿;丹哥喜欢户外,热衷于冒险,每年参加小城举办的铁人三项比赛,搞得一身泥泞,他无疑是我们华人群体里组织野餐烧烤的牵头人了。有很多个曲终人散的瞬间我十分希望这样的生活状态可以无限延续,圈子不大却彼此依靠,抱团取暖,明明认识并不久却可以将自己慵懒的一面肆无忌惮地显露。

人类是有劣根性的,可每当舒适的时候卸下伪装,贪婪地享受某一段慵懒的时光,这又是人世间无比幸福之事。在人类的字典里,懒惰从一而终都像是一个上不来台面的贬义词,用尽了一切以自尝恶果为结局的故事去丑化它。然而关于骨子里的惰性,你逃避或者不逃避,贬义或者不贬义,它始终杵在那儿。

在与坤哥他们相处的时光里,我可以堂而皇之地把慵懒放到台面上讲,用很多身体力行的案例让他们无语和捧腹,他们总是这样包容着后生。在那些个有意无意地自嘲过后,我发现之所以我可以享受这样一份慵懒带来的幸福感,是因为在他们处于同样境遇的时候我也托上了一把,成全了他们某一段慵懒的时光。与好朋友的相处,因为慵懒而自在,也因为自在而慵懒,这样的相处模式让彼此最是舒服。

本科生涯终于在那年夏天走向终点,木木他们在忙着申请研究生,而我也不得不面临选择,未来的路该怎么走,前有生活埋伏,后有时间追捕,我站在青黄不接的命运路口,踌躇到心慌。

要随大流像他们一样吗?我该如何写完学生时代的终章,又该如何翻开人生新阶段的扉页呢?

李白给权贵留下了一个孤傲的背影,庄子大声嘲笑看不开的世人。我从"无"而来,缘何要向"有"妥协?我总感觉自己被命运耍得团团转,逃脱不了既定剧本的枷锁,但我仍旧不甘心地抓紧蛰伏的梦想不放手。

我觉得我是诗人,我就是诗人;

我觉得我是行者,我就是行者。

我不是救世主,

也并不奢望被这个世界拯救。

那天深夜小楠接着对我说:"特立独行的人会被铭记也会被淘汰。但是人呐,越长大肩上的责任越重,便越难洒脱,二十几岁时想做什么,就不顾一切地去做吧！"

　　我对他说："是这个理，买房娶媳妇这些事儿，到了该想的时候自会逼着自己去想，眼下，想清楚自己要干什么事儿更重要。"

　　在 Continental Termic Ingolstadt 实习了半年后，合同即将到期，我递交了实习报告，也写完了一篇关于按摩座椅控制器的十分晦涩的论文。我的本科留学生涯接近了尾声。这座巴伐利亚小城我住了一年，期间对祖国有很多思念，也对欧洲的美景有很多留恋。离开这两个字说起来很简单，做起决定来很挣扎，即使是在我昭告所有 Ingolstadt 的好友以后，我依然觉得小城已然融入我的血肉里去，就像另一个家一样，哪能说离开就离开得了。

　　真正感觉到离别，是在抒姐开始休产假，丹哥一个人出发骑行去挪威，坤哥带着老婆孩子自驾游瑞士的时候，第二天上班我自己带了便饭用微波炉简单加热，扒拉了几口草草了事。下班后部门团建去打网球的车上，同事问我之后的打算，问我会不会回来 Ingolstadt。我只能抱歉地回答，也许会回德国读研究生，但不会再待在这座城市了。不是 ingolstadt 不好，只是这里没有很顶尖的 Universität 综合性大学。

　　真正感觉到离别，是 Katherine 今天问我，还有几天离职，我回答两天，她笑了笑说"看来这个任务得交给别人去做了"的时候。我站在她座位旁不知道要说什么，几秒后我抱歉地说："对不起，不能为你做这个了。"她以她一向灿烂的笑容和声道："没事，比起这个，你回家这事要重要得多。"我的表情更复杂了："嗯，也许吧！"因为深究想回国的原因，是因为我很踌躇人生的下一步该如何迈出。

　　真正感觉到离别，是坤哥用公司内部的传讯软件找我聊天，问我回国航班是几号的时候。我说："你再也遇不到像我这样美好而且合得来的实习生了。"他说他就是这样认为的，过了两秒欠揍地补了一句："特别是打牌三缺一的时候。"坤哥接着说，"这周末来我家好好玩一把。"

　　真正感觉到离别，是我一个人去市政厅注销居住证的时候。排号的时候遇到了去年同一批来的墨西哥留学生，互道安好互相拥抱，互相留给对方一个会拜访对方城市的念想。手续持续了两分钟而已，我接过这张注销证明，简单的一张纸在手里挺厚重的，似乎承载了这一年所有的悲欢离合。我一目十行地扫下去，就像在看自己的病危通知书，我离开市政厅，就像正赶赴自己的葬礼一样。

　　离开德国前两天，我去学校领取实习证明和成绩，教务老师给了我一个很用力的拥抱,时至今日我似乎还能感受到她这拥抱的温度。拖着行李箱离开的那天早上,我拒绝了所有人的送别,离别的样子很不好看,我宁愿不诉离殇。我环顾这熟悉的小房间,这可能是我这辈子住过的最杂乱的屋子了,和绝大多数男生无异,和绝大多数留学生无异,看着这一隅简单的摆设,也瞥见从不叠被子的小床,我注视良久,心头竟生出一股暖意淌过。多年以后,你不知道我会对这间小屋有几多怀念、几多追忆。

木木他们却起了个大早在 WG 的沙发上等着,非要送我到车站去。再见了老朋友,留德接下去的日子一切顺利。人要学会往前看,时光匆匆独白,只是无处停摆,我渴望的离开,早已爬满青苔。

回国后,我很快找好了工作,生活很快步入了世人眼中的正轨。学生时代这十几年的成长再普通不过了,可就是这平淡无奇的文字里,抒写的是每个人的学生时代,那远去的高中和大学,是我们最美好的一段年生。走完这段路的时候,留下的会是陪伴一生的技能,陪伴一生的良人。时间并不会真的帮我们去解决什么问题,只是会把原来怎么也想不通的问题,变得不那么重要。

故事从盛夏开始,也至盛夏结束,从成为学生到告别学生时代,人或许终会蜕变得现实。然而我始终相信这看似凉薄的尘世,依旧该长存着几多坚韧的温情,折不断,浇不灭,冻不裂,烧不化。现实是外甲,温情是内甲,内甲护心,外甲护凡尘。

也祝你有好运气。